I0555638

www.ingramcontent.com/pod-product-compliance
Lightning Source LLC
Chambersburg PA
CBHW050851180626
46814CB00007B/2720
* 9 7 8 1 7 7 7 9 4 8 1 0 8 *

ふたりがかり

装画　Zhana Veselinova
文字　岩本大志
装丁　bp

映実の部屋でしばらく暮らしながら、私はふと、双子について調べてみた。それで思った。私たちは本来、一人の人間として生まれるところを二人のまま生まれたのだと。それは、一卵性双生児が一つの卵子が分裂することで生まれるとかいうことではなく。それは、バニシングツインみたいなこと。双子の一方が妊娠初期の段階で発育出来ずに母体に吸収されて消えてしまうこと。そして、もう一方だけが生まれてくるみたいなこと。大方の妊娠はバニシングツインを経た後に確認されているのではと考える人もいるという。つまり、人は皆、最初は二人だったのだと。

人はきっと、二人がかりでやっとの一生を一人で生きていくことを強いられるのだ。心にぽっかりと穴があくというが、胎内でもう一人を失った段階でそれはあくのだろう。そして、あけたままで生まれてくるものなのだろう。誰かを失って穴があくのではなく、何かを失って穴があくのではなく、失ったことにより自分の心に穴があいていることに気がつくのだ。もう一人の自分がいないことに。不在の存在に。そして、それを探し求めるのだ。一生をかけて。その間、穴の形は歪み、均等な美しいものではなくなるだろう。その歪みにぴったりと合うもう一人の自分を見つけた時、人は本来の二人に戻るのだろう。

映実は、オーダーメイドの服のように寸分の狂いもなくぴったりと私の心の穴に収まっていた。

私は耳に障害があった。右耳は耳の遠い老人程度には聞こえるが、左耳はほとんど聞こえない。そのことに大人はしばらく気がつかなかった。いつ頃から聞こえなくなったのか、自分でもよく分からない。ただ、ある時から黄色い光の粒が見えるようになった。光の粒は大きかったり小さかったりした。また、色合いが明るかったり暗かったりした。最初のうちは、ただ、光の粒が飛んでいるなと思っていた。けれど、次第に、それが人の声や感情にリンクしているようだと思うようになった。楽しい気持ちの黄色は小さく、けれど濃く光った。寂しい気持ちの光は薄いレモン色で、ぼんやりと大きかった。私は誰かが話していると、その人が発散する光の具合を見るようになった。じっとその人を見ていると、光はどんどん湧いて出た。だから、目に見える風景はいつも黄色がかりやわらかだった。小学校の通信簿には「のんびりしていて口数は少ないが、よく気のつく優しい子」と書いてあった。たぶん、そんなこともあり、父は私の耳のことに気がつかなかったのだ。けれど、理由は他にもあったかもしれない。父は男手ひとつで子供を育てていたのだ。私の母親は出産後まもなくして亡くなった。おまけに、生まれた子供は双子だった。

最初に耳のことに気がついたのは、ピアノ教室の郁子先生だった。私たち（というのは、私と双子の妹の映実のことだ）は小学校に上がる前からピアノ教室に通っていた。郁子先生は若くきれいな人で、ご両親と庭の広い洋風の立派な家に住んでいた。私たちの父親はフリーのカメラマンで、そこそこの仕事はあり、生活に貧窮しているというわけではなかったが、収入は安定しておらず、小さな古い借家に住んでいた。だから、郁子先生の洋館はおとぎの国の家のように見えた。教室は、庭の隅のガレージを改装したものだった。小さいながらきちんと玄関があり、そこにはいつでも花が飾ってあった。玄関の奥はだだっ広い一間で、左側にピアノが置いてあった。右側には細長の四角い大きな木製のテーブルと、テーブルの周りには五、六脚の椅子が置いてあった。ピアノは黒いグランドピアノだった。奥の壁には大きな窓があり、窓いっぱいの空が見えた。手前の玄関との境になる壁は棚になっており、郁子先生がピアノを弾いている写真が飾られていた。先生と数人が花束を持って並んで写っているものもあった。映実と私が写真を見ていると、コンクールに出た時のものだと教えてくれた。先生が「コンクール」と言った時、きれいなレモン色の光が出た。だから、私は黙っていたが、映実はすぐに「郁子先生、すごい！」と大きな声を出した。

テーブルは大きく、椅子もたくさんあるけれど、私たち以外の生徒がいるのに出くわしたことはなかった。ピアノのレッスンは当然、一人ずつ行われるので、待っている間はその大きなテーブルに一人で腰を下ろしていることになった。私がレッスンを受けている間、映実は大抵、絵を描いていた。映実のレッスンカバンには、ピアノ教本の他にクレヨンや色鉛筆、スケッチブックが入っていた。映実がレッスンを受けている間、私はただその様子を見て過ごした。

映実は郁子先生のことをすぐに気に入ったようで、家でも熱心に練習をした。家にはピアノは一台しかなかったので順番で練習をした。けれど、映実が弾いている時間の方がずっと長かった。ピアノは、父が譲り受けてきたものだった。撮影の仕事で使ったものだそうだ。長らく手入れをされていない古びたピアノだった。けれど、佐々木さんが丁寧に調律をしてくれたので、十分に使えるようになった。

佐々木さんというのはピアノが家に運ばれてすぐのある日、突然やって来た調律師のことだ。私はその日のことをよく覚えている。夏のとても暑い日だった。玄関口に立つ佐々木さんは、ほとんどカラスみたいだった。喪服みたいな真っ黒の背広にきっちりと(同じく黒い)ネクタイを締めた姿で立っていた。その黒と対照的な真っ白なハンカチで額の汗をひっきりなしに拭っていた。父は、あまりのタイミングの良さで調律師がやって来たことに驚いたようだったが、しばらく佐々木さんと話すと彼を家の中に招き入れ、ピアノを調律して貰った。佐々木さんはその後、定期的にやって来た。夏だろうが冬だろうが、いつも、その喪服みたいな背広を着ていた。そして、調律師という職業に似つかわしくないほど、ぼそぼそと話した。私には佐々木さんの話す言葉がほとんど聞こえなかった。玄関のチャイムが鳴ると、映実にはそれが佐々木さんだと分かるようで、大きな声で「佐々木さんが来た!」と叫びながら玄関口へ飛んでいった。映実の声はとても通り、私の耳にもよく聞こえた。

佐々木さんがやって来ると、映実は彼の横にぴったりとくっついて調律の様子を眺めた。調律はいつもきっちりと同じ順序で行われた。鍵盤の上の外装を一つ一つ丁寧に取り外す。持参の(背広やネクタイと同じくらい黒い)カバンの中から鮮やかな赤のリボンを取り出し弦の間に挟む。弦の上の方に並ぶ丸い銀色のボタンに、先端がくの字に曲がったハンマーのような道具をはめる。鍵盤を叩きながら微妙な角度でそれを回す。しばらくすると赤いリボンを外し、そしてまた、鍵盤を叩きながらハンマーを回す。

映実はよく、佐々木さんが鍵盤を叩いて出す音に、「もう少し高く」などと口を出した。すると佐々木さんは何かぼそぼそと言いながら、映実の頭を撫でた。そういう時の佐々木さんの周りには淡いが透き通ったレモン色の光が見えた。そして、佐々木さんは映実の言う通りに音を高くした。調律が済むと、映実は決まって、ピアノ教室で習った曲の中から、数曲、弾いてみせた。映実がピアノを弾くと、たくさんの音の光が溢れ出した。そして、それはいつも、お行儀よく並んでいた。大きかったり小さかったりの丸くやわらかなふわふわした感じの光が、それぞれの大きさを保ち、きれいに並んで流れた。まるで、一卵性の光の赤ちゃんの大群のようだった。映実は、次から次へと赤ちゃんを産み続ける光のお母さんだった。やがて光は一本に連なり、そして、バターになったトラみたいにトロトロとした丸みのある光の帯になるのだった。私は、そのトロトロした光を見るのが好きだった。

映実のレッスン中には（私や佐々木さんがそうするのと同じように）郁子先生はほとんど何も言わずに聴いていたが、私の番になると、決まってメトロノームを取り出した。オレンジ色の、つるりとぼんやりした丸みの縦長のその機械は、銀色の針金を左右に振り、律儀にリズムを刻んだ。私は、銀色の針金の動きを見てリズムを合わせようとするが、どんどんと出てくる光で、結局、針金はすぐに見えなくなった。メトロノームの周りを動き回る光は、映実のそれとは全く違っていた。光は、てんでにその大きさを変えた。大きかったり小さかったりするのではなく、大きくなったり小さくなったりした。そして、決して並ぶことなく、上下左右に好き勝手に動き回った。けれど、スイミーと小さな魚たちが一尾の大きな魚になるように、やがて、一つの大きな光になった。そして、ピアノ教室中をぐるぐると泳いだ。

ある日、郁子先生が父の古い借家を訪ねてきた。夏休みに入ったばかりの暑い夏の午後だった。父と映実と私の三人でそうめんを食べた後だった。居間の脚の低いテーブルにはお皿やお箸が出しっぱなしで、その前で麦茶を飲みながら映実がおしゃべりをしていた。私はテーブルの上のあちこちに出来た小さな水溜りを指で撫でていた。父は畳の上にカメラを並べ、扇風機の風を背に受けながら手入れを始めた。時折、映実の話に何か言った。やがて、父は相槌を打つのに飽きたのか「映実、ピアノの練習をしようか」と言った。私はテーブルの上のものを台所へ持っていき、それから縁側に出て、映実が産み続ける一卵性の光の赤ちゃんを鑑賞した。野良猫が数匹、私と一緒に光の赤ちゃんを見ていた。父は背中を丸めて一心にカメラを磨いていた。

ふと気がつくと、野良猫の間に郁子先生が立っていた。白い綿のワンピースを着て、かかとの高い水色のサンダルを履いていた。腕にはサンダルと同じ水色の小さな藤のカゴをかけていた。お姫さまみたいにきれいだった。私が声をかけようとすると、カゴをかけている方の手の人差し指を口元にあて私を制し、しばらく映実が弾くのを聴いていた。野良猫は、何ごともなかったように先生の周りで気持ち良さそうにしていた。郁子先生の周りには、コンクールの写真を見ていた時と同じにきれいなレモン色が浮かんでいた。やがて、映実の産む光の赤ちゃんが消えると、先生は私の方を向いてかすかに微笑み、居間の方に声をかけた。父が映実と私に庭で遊んでいるように言い、郁子先生と父は二人だけでしばらく何か話していた。

次のピアノ教室の日、父は映実だけを教室に残し、私を病院へ連れていった。街のこじんまりした耳鼻科だった。父は受付の小さな窓越しに中の人と短く言葉をかわすと、私を待合室に残したまま診察室へ入っていった。待合室には誰もいなかった。受付の真向かいに大きな窓があった。窓と並行に、長細い茶色の椅子が二脚、向き合って並んでいた。間に低いテーブルがあり、雑誌や本が何冊か重ねてあった。一番上の雑誌は郁子先生みたいにきれいな女の人が表紙になった女性向けのものだった。似たような雑誌が、本屋さんの店先に置いてあるのを見たことがあった。借家には、私たちが読む子供向けの雑誌の他には、父が買ってくるカメラ雑誌しかなかった。きれいな女の人がカメラ雑誌の表紙になっていることはあまりなく、彼女たちはだいたい雑誌の中に登場した。決まって同じポーズをして、近くにいたり遠くにいたりした。女の人の他にも、花や公園など、いろいろな写真が載っていた。同じ花、同じ公園の写真の、少しずつ色が違っていたり、大きさが違っていたりするのが何枚も並んでいるのだった。父がいない時、映実はこっそりと父のカメラをいじった。そして、カメラの前についている丸いところを回すと、女の人が近寄ったり遠くに行ったりするのだと教えてくれた。カメラを覗きながら丸いのを回すと、目の前の映実が近寄ったり遠くに行ったりした。

私は病院の窓辺に立ち、両手の指先を合わせて輪っかを作った。そして、輪っかの中から外を見た。丸く縁取られた青い空が見えた。空には真っ白の入道雲が浮かび、静かに流れていた。私は輪っかを大きくしたり小さくしたりして、空の大きさを変えた。気がつくと父が私の横に立っていた。肩にかけていたカメラで窓越しに写真を撮った。父の撮る空はいつも大きかった。

診察室には髪の毛が真っ白で鼻の大きなお医者さんがいた。頭の毛と同じくらい白い白衣を着ていた。そのお茶の水博士みたいなお医者さんの横には若い看護婦さんが立っていた。看護婦さんも白衣を着ていたが、博士のとは違い腰の辺りがくびれていた。それは白いワンピースみたいに見えた。先日、借家の庭に立っていた郁子先生を思い出した。看護婦さんは先生と同じくらいの年恰好に見えた。けれど、先生の方がずっときれいだった。先生のワンピースのほうがずっとやわらかそうだった。

博士が夏休みに何をしたかと聞いた。私は、父と映実とそうめんを食べたと答えた。博士は、映実は今日は一人でお留守番かと聞いた。私は、映実はピアノ教室に行っていると言った。その時、博士から少しレモン色の光が出た。私は慌てて、映実はピアノを弾くのも郁子先生のことも大好きだから一人でも大丈夫だと言おうとしたが、私がそう言う前に博士は看護婦さんに何か言った。すると、看護婦さんは棚からクリーム色の機械を取り出した。それはスーパーでお金を払うところに置いてあるレジスターみたいに見えた。機械にはヘッドフォンがついており、博士はそれを私の頭に載せた。それから、黒いボタンのついた小さな箱を差し出した。それは、音が聞こえたらボタンを押すという簡単な検査だった。私は博士に言われた通りに、ヘッドフォンを伝わって音が聞こえた時に黒いボタンを押した。

一通り検査が済むと博士は言った。

「右耳はある程度は聞こえていますが、左耳はほとんど聞こえていないと思います」

続けて言った。

「話すことが出来ますから、言葉を覚えた後に何かの原因で失聴したのだと思います。心当たりはありますか？　今現在の状態なら、補聴器をつけることで日常生活にそれほど支障は出ないでしょう。けれども、失聴が進んでいく可能性がありますので、大きな病院で詳しく調べて貰ってください」

父はしばらく黙っていた。私の聴力が弱いことへのショックか、あるいは「心当たり」を考えているのか、あるいは鳴海という名前を私につけたことへの皮肉を思っているのか。どれとも取れない顔つきで、ただ黙っていた。父からは何の光も出ていなかった。博士は、机の引き出しから便箋を取り出し、大きな病院への紹介状を書いてくれた。そして、それを三つ折りにして白い封筒に入れ、父に渡した。それから、机の上に置いてあった大人の手の平くらいの大きさの丸い缶の蓋を開けて私に差し出した。中には砂糖をまぶした色とりどりのキャンディーが入っていた。私がレモン色のを一つ取ると、缶の蓋を閉め、缶ごと私にくれた。蓋には虹色に縁取りがしてあり、真ん中に果物の絵が描いてあった。

そのまた次のピアノ教室の日、父は映実だけを教室に残し、私を病院へ連れていった。今度は、近隣の県にある大きくて立派な病院だった。その病院でも、博士のところでしたのと同じような検査をした。それから、別の検査もした。耳の後ろがミーンとなる検査や、誰かが「ア」とか「イ」とか「テレビ」とか「ラジオ」とか言うのを聴いているのとか、いろいろだった。けれど、結局、原因は分からなかった。定期的に通院し、普段は右耳にだけ補聴器をつけることになった。

二週間くらいして補聴器を取りに、父とまた、病院へ行った。補聴器は子供の手の平に載るくらいに小さく、肌色でつるつるとしていた。小さな心臓みたいに見えた。そして、私の右耳にぴったりと収まった。病院の受付で父は、財布から何枚ものお札をゆっくりと数えながら出した。そして、支払いを済ませると、まるでアイスクリームを買ってくれる時みたいな顔をして言った。

「どうだ、父さんの声がよく聞こえるか？」

父は補聴器の入った右耳の写真を撮った。カメラのカシャッという音が聞こえた。補聴器をつけると、聞こえる音は格段に大きくなった。それまで黄色い光の間から静かに控えめに流れてきた音が、頭に直に響いた。これまで聞いたことのなかった音が大挙して押し寄せた。私の耳元で手を動かすお医者さんの白衣がガサガサと変な音を立てた。父が肩から下げているカメラのヒモがシャツに擦れてシャリシャリいった。ボールペンで何かを書く音、紙をめくる音、看護婦さんのサンダルが床をこする音、ドアノブが回る音、エレベーターが階を移動する音。そして、父が長い時間をかけてお札を数える音。

病院からの帰り道、公園に寄った。「映実には内緒だぞ」と言いながら、父がアイスクリームを買ってくれた。病院とは違い、公園ではたくさんのきれいな音が聞こえた。

木陰の上の方から、サワサワという葉っぱがそよぐ音が聞こえた。それから、ミーンミーンという蝉の声も。そして、カシャッという音がまた聞こえた。父が私にカメラを向けて微笑んでいた。これまで見たことのない顔だった。父からはやはり何の光も出ておらず、私は父が嬉しくて笑っているのか、悲しくて笑っているのか、よく分からなかった。

私は聾学校に行くことはなく、今まで通りに近所の小学校に通い続けた。ただし、補聴器をずっとつけているように言われた。補聴器から響いてくる音に慣れるのには少し時間がかかった。初めて聞く音は、それがどこからやって来るのか分からないと落ち着かなかった。頭痛もした。そういう時には一人で庭に出たり、公園に行ったりして耳を休めた。補聴器を外し、手の上に載せて眺めて過ごした。汗ばんだ耳の中を風が通り過ぎていった。夜になると、お茶の水博士がくれたキャンディーの缶にそれをしまった。

だいぶ補聴器に慣れてきた頃、ふと、ここしばらく光の粒を見ていないことに気がついた。光のことをすっかり忘れていた。そう気がついて意識を向けてみると、光は見えた。これまでは、意識などしなくても、光は自然に見えたものだ。音に気を取られて光に気がつかないのか、光がそもそも出ていないのか、よく分からなかった。光が見える頻度は明らかに減っていった。しばらくすると、意識を向けても見えない時があり、見える日と見えない日があるようになり、やがて、全く見えなくなった。これまで何となく黄色っぽくやわらかな色合いだった風景が、隅々までくっきりしたものになった。補聴器をつけるようになると、聞こえる音も見える風景も何もかもがくっきりとした。けれど、それはかえって私を混乱させた。

私はピアノ教室をやめた。補聴器をつけた耳にメトロノームの音は大き過ぎたし、それに合わせて弾くのはあまり楽しくなかった。光を眺めながら弾きたかったが、以前のようなそれはもう出なかった。映実の出す光ももう見えない。いつも、お行儀よく並ぶ、大きかったり小さかったりの、丸くやわらかなふわふわした感じの光が私にはもう見えなかった。バターになったトラみたいにトロトロとした丸みのある光の帯を見ることは出来なくなった。光が見えなくなってしまうと、私にとってピアノ教室は楽しいところではなくなった。教室をやめると私が言うと、父は、そうか、とだけ言った。そして、次のピアノ教室の日に郁子先生にそのことを話してくれた。郁子先生は、「映実ちゃんはやめませんよね」と言った。

映実が教室に通う間、私は母方の祖母の家で過ごすようになった。それまでも時折、父は車で私たちを祖母の家まで連れていっていた。自分はそのまま仕事に出掛けたり、一日中歩き回って写真を撮ったりして、夕方になるとまた迎えに来た。ピアノ教室をやめた当初は、これまでのように父が送り迎えをしてくれた。父はまず私を祖母の家に落とし、教室へ行って映実を落とす。映実の練習が終わる頃に映実を拾い、祖母の家に向かう。映実を祖母の家に落とし、その辺を歩き回って写真を撮ったり、ちょっとした撮影の仕事を済ませてきたりした。そして、私たち二人を迎えに来た。私と映実はこの頃最も頻繁に祖母の家に遊びに行っていた。しかし、映実のピアノはだんだんと真剣味を帯びるようになり、教室に通う回数も借家での練習時間も増えた。中学生になってからは、映実が祖母の家に行くことはほとんどなくなった。父の仕事も忙しくなり、私は一人で出向くようになった。

祖母の家はそれほど遠くなく、電車一本で行くことが出来た。父の借家は都市部へのギリギリ通勤圏内みたいなところにあり、下り電車に乗るとすぐに窓からの風景が一変した。左手に見えていた商店街や住宅街をあっという間に海が取って替わり、線路わきに椰子の木が現れる。右手に見えていた家々もまばらになり、遠くからびっしりと緑に覆われた山が近づいてくる。そして、電車は緩やかに右方向に曲がり、山の中へ入っていく。トンネルを抜けるとまもなく最寄り駅に着く。そこは山と畑に囲まれた田舎だった。駅前にはスーパーというよりはなんでも屋みたいな店が一軒あるきりで、人家も畑の間にときたま建っているのが見えるばかりだ。畑は山まで続き、その間を一本道が通っていた。私はなんでも屋で自転車を借り、一本道を通って祖母の家に行った。祖母が頼んで、そこの息子が学生の頃に乗っていたのを使わせて貰っていたのだ。私はなんでも屋ではツケで買い物をするのを許されていたので、自転車を奥から出して貰いついでに、映実に頼まれていたスケッチブックを買ったり、祖母のお使いで生姜を買ったりした。時々、アイスクリームを買って食べたりもした。なんでも屋は、店まで買いに来られない家を小型のトラックで回っては野菜やら何やらを売っていたので、祖母はその時に私のツケを払うようだった。

どこまでも続く一本道を自転車で走るのは気持ちが良かった。車を見かけたことはなかったので、私は道の真ん中を走った。バスが走っているのも見たことがなかったがぽつぽつとバス停があり、ベンチにはよく老人が座っていた。私は軽く頭を下げて通り過ぎた。祖母の家は二つ目のバス停の先で山側に曲がり、森に入って少し行ったところにあった。森を一部切り開いた広々とした高台に建てられた古くて大きな日本家屋だ。祖母はこの家に一人で住んでいた。玄関の引き戸に鍵のかかっていたためしはなく、私はいつも勝手に家に上がった。玄関を入ると、まっすぐに廊下が伸び、その先が台所だった。廊下の右側には二間続きの客間があり、左手には台所へ続く廊下と垂直に別の廊下が伸びていた。こちらの廊下に沿っても二間続きの畳の部屋があり、手前が仏壇の間だった。仏壇は、ピアノ教室のグランドピアノみたいに大きく黒くピカピカしていた。襖の上の長押《なげし》に先祖の写真がずらりと並んでいた。仏壇にはたくさんの位牌が置いてあった。一番新しいのは数年前に亡くなった祖父のものだ。その横には母の位牌があった。位牌の前に祖父と母の写真があった。写真の中の母は若く少女のように見えた。私が一人で祖母の家に行くようになる頃には、三つ子かというくらいに私と映実と母は同じ顔をしていた。私には母親の記憶はなく、自分とそっくりの女性の写真を見るのは不思議な気持ちがした。

線香をあげ、形ばかりに手を合わせると、仏壇の間とひとつなぎになった隣の居間を覗いた。祖母が長方形の卓袱台《ちゃぶだい》（と呼ぶにはたっぷりとした大きさだった）の上に何かを広げ、それを見ながら筆を動かしていた。家は広く、他にも畳の間がいくつもあったが、祖母は大抵、卓袱台の前にいた。居間には、廊下を隔てて前庭に面した縁側があった。この辺りは冬でも暖かく、祖母は一年中、居間の障子も縁側に出るガラス戸も全て開け放していた。そうすると、森の方から誰かが来るのがよく見渡せた。縁側にはいつでも野良猫が昼寝をしていた。私が居間を覗くのとほぼ同時に祖母が顔を上げた。私を見て優雅に笑うと、ゆっくりと手招きをした。自分の左側に座布団を敷き、そこへ座るように手で示した。私が座ると、祖母はいつもそうするように聞いた。

「おばあちゃんの声が聞こえるかい？」

私は補聴器が収まった右耳を見せて、「聞こえるよ」と答えた。そうすると、祖母は顔をゆっくり上下に振った。

卓袱台の上に広げられていたのは、和紙を糸で束ねた本のようなものだった。和紙は薄茶色く変色していた。祖母はそこに書かれたものを真新しい白い半紙の上に、細い筆で書き写していた。畳の上には、写生した後の半紙が広げられていた。その内の一枚に野良猫が寝そべっていた。祖母が書き写しているものは文字だろうと思ったが、何を意味するのどころか、それが漢字なのかひらがななのかさえ分からなかった。祖母に聞くと、古文書というものだと教えてくれた。古い日記や覚書きなどといった書付を古文書というのだそうだ。祖母の家のある辺りは古い家が多く、どの家にも古文書がたくさんあるとも教えてくれた。

「昔の人はね、鳴海が学校で習うような漢字や仮名とは随分違う形をした文字を使っていたのよ」

私はふと祖母の書くメモのことを思い出した。稀ではあるが祖母が不在の時があり、そういう時に卓袱台に置かれたメモ（「裏庭にいます」とか、「ちょっと出掛けています」とか）の文字の中に不思議な形をしているのが混じっていることがあった。例えば「し」の上に不要な点がついていたりした。祖母は大正生まれで、普段着に着物を着るような人だ。急に、祖母が大昔の人に思えた。

祖母が書き写していたのは、先祖による書付だった。祖母の先祖は（つまり私の先祖ということにもなるのだが）この辺りの藩士だった。書付は一家の一人が身辺で起きたことを書き残したものだそうだ。祖母はいくつかの文字を手で撫でながら、何が書いてあるのかを教えてくれた。明治の時代に入ってまもなく、侍をやめて時計の修理人になった先祖が、手先の器用さから頼まれて近所の小学校にあったオルガンを修理するという話だった。祖母が「オルガン」と言った時、曲線の連なりにしか見えない文字を通して、誰かが語りかけてくるのを感じた。目をつむり、じっとしていると、まるで、古い映画のような荒い画面の中に、オルガンを弾いている人が見えた。それをじっと見ている別の誰かがいた。小さな男の子だ。丸坊主で、夏目漱石の坊っちゃんさながら、着物にシャツに袴姿。物陰からじっとオルガンを見ている。その時、祖母が言った。

「これはね、私の曽祖父が書いたものよ」

そっと目を開けると、その途端、書付からぽわんと光の粒が浮かんだ。光を見るのは久しぶりだった。補聴器をつけることで聞こえるようになった言葉は光を伴わなかったが、静かに横たわる不可解な文字の列に光が見えた。私は聞いた。

「そうそふ？」

祖母が立ち上がり、私を仏壇の間に促した。長押に並んだ写真の一枚を指し示して、「あの人よ」と言った。

「おばあちゃんの曽祖父、つまり、ひいじいちゃん。じいちゃんのお父さん」

それは、並んだ写真の中で最もぼやけた一枚だった。もちろん、白黒だ。ちょんまげこそしていなかったが、その人は侍のように見えた。時計の修理人には全く見えなかった。私は侍がオルガンを修理している様子を想像してみた。袴や腰に下げた刀が邪魔そうだった。そんなことを考えていると、また、あの男の子が現れた。丸坊主の坊っちゃんさながらのその子が、物陰からじっと修理の様子を見ていた。やっと音の出るようになったオルガンを前に、侍が鍵盤を叩くと、男の子が物陰から叫んだ。「もっと高く！」

それ以来、祖母の家に行く度に、侍の書付を見せて貰った。私が頻繁に文字の読み方を聞くので、祖母が古文書を読むための辞書があることを教えてくれた。そして、数年前に亡くなった祖父が持っていたのを貸してくれた。辞書には、古文書で使われている昔の漢字を今の漢字に当てはめたのや、独特に崩して書いた仮名のパターンが載っていた。私は侍の書付の文字を、一つ一つ辞書で調べていった。そして、解読出来た文字をノートに書き留めた。私は暇さえあれば（映実がピアノの練習に忙しいのと対照的に私は暇だったから、実質、しょっちゅう）祖母の家に行き、書付を読み進めた。書付はそれほど分厚いものではなかったが、改行なくびっしりと書かれているので、それなりに分量があった。書付を読む間、季節が繰り返された。野良猫は何世代にも、解読ノートは何冊にもなった。そして、とうとう書付を読み終えた。その頃には、それほど辞書を調べずとも読み進めるようになっていた。

結局、書付には、坊っちゃんらしき人は登場しなかった。けれど、侍が、今では誰でも知っているピアノメーカーの創業に、技術者として携わっていたことが分かった。ドレミも分からない侍は、音楽学校に頼み込んで特別聴講生として授業を聴き、調律や音楽理論まで勉強していた。祖母の家は全ての部屋が畳であるような古い日本家屋で、家のどこにも西洋風なもの、ましてやピアノを匂わせるようなものは何一つなかったから、侍が音楽学校に通う話は私に意外な印象を残した。私はもう少し侍のことを知りたいと思った。私にとって侍は、高祖父の更に上、五世の祖に当たる遥か遠い存在ではあったが、先祖であることに違いはなかった。祖母に他にも書付があるか聞いてみると、何冊か出してくれた。けれど、侍の書いたものはなかった。それでも、古い文字を読み進められるのが面白く、私はすぐに侍のことを忘れ、古文書読みに没頭した。私は中学を卒業し、高校生になっていた。

ある日、父が居間の床に広げて読んでいた新聞の記事に目がとまった。薄茶色く変色した横長の和紙の写真が載っていたのだ。古文書だった。私は父の隣に座り込んで記事を読んだ。映実は郁子先生のところに行って留守だった。

古文書は大学の蔵書だとある。記事はそこの大学の講師をインタビューしたもので、古文書と並んで講師の顔写真もあった。髪を七三分けにし、ネクタイを締め、几帳面な様子をしていた。それは私に調律師の佐々木さんを思い出させた。佐々木さんは少し前に亡くなっていて、今は新しい人が調律に来ていた。佐々木さんが亡くなった時に、ピアノも買い替えた。父が撮影の現場から譲り受けてきたピアノは古過ぎて、それを調律出来る人がもういなかったのだ。父の仕事は順調で、今度は新品のピアノを買うことが出来た。古い借家の中でピアノだけがピカピカしていた。私はふと思い立ち、新聞から離れてピアノのところに行ってみた。買い替えられたピアノは侍が勤めたピアノメーカーのものだった。

私は父に記事を切り抜いていいかと聞いた。父はなぜか私の顔をしばらく見てから、いいよと言った。理由は聞かなかった。そして、ハサミを持ってきて、写真ごと丁寧に切り抜いてくれた。記事で紹介されている大学は、侍が特別聴講生として勉強した音楽学校だった。学校はその後に総合芸術大学となったが、音楽学校は音楽学部として残っていた。記事は部の史料室の活動についても紹介していた。音楽学校としてスタートしてから百年近くが経ち、その間に大きな戦争があった。学生の中には徴兵されて戦地へ赴き、そのまま行方の知れなくなった者が大勢いたとある。史料室の活動とは、彼らが書き遺した譜面を発掘し、それを音にするプロジェクトだった。実際に発掘された古い譜面が何点かあるものの、コンサートを開催するには至っていなかった。

私は今日もピアノの練習をしている映実のことを思った。私が古文書を読んでいる間、映実はずっとピアノを練習していた。映実の指先は、テニス選手の利き腕やマラソン選手のふくらはぎが異様に発達するように、細い体とは不釣り合いに太く頑丈になっていた。私たちは一卵性双生児らしく何もかもがそっくりだったが、指先だけは似ていなかった。映実のその太い指ならば、作曲者が戦地から戻るのをじっと待っている茶色く変色した楽譜の思いに応え、しっかりと演奏するだろうと思った。映実がこの大学に入ったらいいのにと思った。

私は毎晩、寝る前に記事を読んだ。読み終わると小さくたたみ、補聴器と一緒にお茶の水博士の缶にしまった。やがて、新聞はボロボロになった。講師の顔は判別不能になり、折り目のところは字が潰れた。それでも、私は毎晩、記事を読んだ。

それからしばらくして、いつものように祖母の家から戻ると郁子先生が来ていた。郁子先生に会うのは久しぶりだった。以前より少し痩せた印象だったが、やはり、きれいだった。私の顔を見ると少し笑い、ちらっと右耳を見た。それから映実を見て頷いた。そして、父に「考えてみてください」と言うと、帰っていった。先生は父に、映実を芸術大学の音楽学部を受験させてみてはと言いに来たのだった。先生が帰ると、父が言った。

「母さんの墓参りに行くか」

母の墓は、祖母の家とはその最寄り駅から反対の方向に向かう山の中にあった。それほど大きくはないスペースに、古くて朽ち果てたような墓と、最近建てたばかりのピカピカしたのが混ざって並んでいた。敷地の奥の方にあるざらざらした感じの古い大きな墓石が祖母の家の墓で、母はそこに入っていた。父に連れられて、墓には何度も来たことがあった。墓の前にはいつでも花が置いてあった。今日はコスモスが置いてあった。コスモスは薄紫色だった。とんがった葉っぱが少ししなびていた。父は、先ほど駅前のなんでも屋で買った小ぶりの白い百合をコスモスの束の横に置き、墓に手を合わせた。

しばらくして、やっと顔を上げると、墓石の近くの木の根元に腰を下ろした。風が吹き、赤くなりかけた木の葉がサワサワと音を立てた。私はふと、初めて補聴器をつけた日、病院からの帰り道に父と二人でアイスクリームを食べた日のことを思い出した。夏の強い日差しを避けて公園の木陰に入ると、補聴器を通してサワサワという葉っぱがそよぐ音が聞こえた。あの日、父は私の写真を何枚も撮った。そんなことを思い出しながら父を見ると、父は木の太い幹に背を預け、目をつむっていた。映実は父から少し離れたところの、やはり木の根元に腰を下ろし、スケッチブックを取り出していた。私は墓石を撫でながら周りをぐるぐると回り、そのざらざらとした感触を指先に感じていた。ふいに、父が言った。

「君たちの母さんは、ピアニストになろうとしていた。芸術大学の学生だった」

父はこの日、いろいろな話をしてくれた。無口な父には珍しいことだった。初めて聞く話ばかりだった。

父が母に出会ったのは、母が大学で音楽を学んでいた頃だった。大学のそばに写真館があり、父はそこでアルバイトをしながら、プロのカメラマンを目指していた。ある日、母がコンクール応募用の写真を撮るために写真館に来た。父は、母が母親と思われる中年の女性と学校の近くを歩いているのを時折見かけていた。大学の近くにはたくさん女子寮があり、親が学生の様子を見に来ることは珍しくなかった。けれど母はその日、一人で写真館に来た。遠目に見るよりもずっときれいだった。長い髪を後ろで一本に束ね、清楚な白いワンピースを着ていた。腰のところに鮮やかな赤いベルトが通っていて、肩にはベルトと同じ赤のショルダーバッグをかけていた。足元はバレリーナが履くような華奢な黒い革靴だった。その派手ではない品の良さに、地方の良いところのお嬢さんであることがありありと伝わってきた。けれど、母の物腰は謙虚で、言葉の一つ一つは丁寧だった。壁に黒いカーテンを引き、その前に母を座らせると、父は店主に準備が出来たと声をかけた。店主はちらっと母のことを見ると、「そろそろ撮ってみるか」と言った。アルバイトの父が客を撮るのは初めてだった。緊張した。けれど、ファインダーの中の母は父以上に緊張しているように見えた。父はカメラの横から鼻を指で押し上げた顔を出してみた。母は父の顔を見て、最初はびっくりしたようだったが、すぐに満面の笑みになった。父はすかさず連続でシャッターを切った。フィルムを無駄にしたと店主には叱られたが、現像した写真の中の母は楽しそうだった。客としての母に渡す写真を一枚選ぶと、残りはこっそりと自分のカバンに入れた。母が写真を受け取りに来た日、会計を済ませ帰ろうとするところで思い切って声をかけた。けれど、何を言っていいのか分からず、カウンターの下に入れてある自分のカバンの中から、コンクール応募用にするにはふさわしくないほど笑っている写真を取り出した。歯を出して笑っている自分の顔を見て、母はブタ鼻の父を思い出したのか、今度は声を出して笑った。父は、人物写真を撮る練習をさせて欲しいと言った。母は少し考えてから、小さく頷いた。何度か、大学の近くで写真を撮るうちに、二人はゆっくりと仲良くなっていった。

そこまで話すと、父はカメラを仕舞う大きなカバンの中から、折れないように厚紙に挟んだ写真を見せてくれた。白黒のぼんやりと黄色く変色した母の写真だった。髪を後ろで一本に束ね、ワンピースを着た母が満面の笑みを浮かべていた。それは、祖母の家の仏壇に飾ってある写真とよく似ていた。私がそう言うと、父は母と同じように歯を見せて笑った。

「おばあちゃん、あの写真を飾ってくれているのか」

父はしばらく写真の母を眺めていた。それからまた話し出した。

「仲良くなって一年くらいした頃に、君たちがお腹の中にいるのが分かってね」

母は父を連れて実家に出向き、正直に全てを話した。父はその場で家から叩き出され、玄関の引き戸が鼻先で閉められた。母はそのまま監禁され、学校には中退届けが出された。父は何度も母を訪ねた。手紙も書いた（仏壇の写真はその時に手紙に添えて送ったものだった）。けれど、数ヶ月の間、一度も、会うことはおろか声を聞くことも出来なかった。ところが、ある日、母は両親の目を盗んで父の住むアパートにやって来た。両親が事情を分かっても結婚してくれる人を探し出したのだ。身重で一人で長い間電車に揺られていたのが祟ったのか、母は父のアパートに着くとすぐに産気づき、予定日から一ヶ月早く出産した。

父はまた黙り込んだ。私もまた墓の周りを回りだした。映実を見ると、スケッチブックに一心に絵を描いていた。いつもの映実なら、話の合間に口を挟んで、あれこれ騒ぎそうなものだったが、黙って絵を描いていた。郁子先生が大学のことで借家に来たあの日以来、映実はあまり話さず、ずっと絵を描いている。映実の鉛筆を動かす太い指先を眺めながらふと、祖母は父を許したのだろうかと思った。祖母からも亡くなった祖父からも父を悪く言うのを聞いたことはなかった。けれど、祖父の葬式の日、急な用事が入ったと父が参列しなかったことを思い出した。そういえば、父は祖母の家に上がったことがない。父が私や映実を祖母の家に連れていってくれる時には、撮影の仕事があるからとか、風景の写真を撮るからなどと言い、庭先に私たちだけを置いてどこかへ行ってしまった。祖母や祖父が借家に遊びに来たこともない。どうして、今までそんなことに気がつかなかったのだろう。でも、それならばなぜ、父は母の故郷に住んでいるのだろうか。父の話からすると、父はもともと芸術大学のある街に住んでいたのではないか。

「佐々木さんを覚えているだろう？」

しばらく黙っていた父が口を開いた。佐々木さんと聞いて、私の思考は、幼かった日々に再び引き戻された。彼はいつでも、カラスみたいに真っ黒な背広を着ていた。映実は、佐々木さんが調律を始めると、横にぴったりとくっついて口を出していたものだ。

「佐々木さんを寄越してくれたのはおばあちゃんだ」

父がそう言うと、映実が急に大きな声を出した。

「私、芸術大学に行く」

よく通る映実の声に重ねるように、強い別の声が聞こえた。

「もっと高く！」

久しぶりに聞く坊っちゃんの声だった。その時、墓石の側面に彫られた文字があるのに気がついた。そこには母の名前があった。享年二十一才と彫ってあった。他にもたくさんの名前が彫られていた。順番に辿っていくと、書付に書いてあった侍の名前があった。この中には坊っちゃんの名前もあるに違いないと思った。坊っちゃんは誰なのだろう。その時、カシャッという音がした。父が映実にカメラを向けていた。映実が白い歯を見せて笑っていた。父が撮った写真の母にそっくりだった。父が何度も切るシャッターの音が森にこだました。

その日から、映実はそれまでにも増してピアノを弾くようになった。学校の帰りに郁子先生の家に行き、レッスンを受けてから帰宅した。晩ご飯はほとんど先生の家でご馳走になっていた。帰ってくると夜遅くまで受験勉強をした。絵も描かなくなった。家の中がとても静かになった。私はその頃から、外から帰宅すると補聴器を外すようになっていた。最初は、家の中に音がほとんどないのだから、補聴器は要らないだろうと思ったのがきっかけだった。けれど、それはあるいは、映実の光を見ようとしていたのかもしれないとも思う。毎晩、新聞記事を読んでは、映実が発掘された楽譜を弾くことになるだろうと思った。それは、侍の書く書付の世界へ繋がっているように思った。映実は、その世界に入っていくのだ。書付から湧いてきた光、坊っちゃんの声。それらと映実は繋がっているのだと思った。けれど、映実からは光の粒は出なかった。

映実の合格を最も喜んだのは郁子先生だった。試験当日に付き添ったのも郁子先生だったし、住む場所を用意してくれたのも郁子先生だった。大学は借家から通学出来るような距離にはなく、映実は郁子先生の親戚の人が経営している女子寮に住むことになった。親戚の人が同じ寮内に住んでいるので安心だろうと、勧められたのだ。そして、ある晴れた春の日、映実は借家を出ていった。

芸術大学での勉強は厳しいものがあるからと、映実に会いに行くのを控えて欲しいというようなことを父や私にほのめかす一方で、郁子先生自身は頻繁に訪問しているようだった。映実は正月と夏休みには帰省したが、その間も毎日郁子先生の家に行き、何時間もレッスンを受けた。借家でピアノを弾く人がいなくなり、そのうちに調律師も来なくなっていた。ピアノには大きな布のカバーが掛けられ、野良猫の格好の昼寝場所と化していた。帰省している間、映実は先生の家でのレッスンが終わると、先生の運転する車で借家へ帰宅した。郁子先生は時々、お茶を飲んでいった。そういう日には、映実の活躍ぶりを話してくれた。映実は大学の主催するたくさんのコンサートで演奏しているようだった。けれど、史料室が発掘した古い譜面を演奏するコンサートの話は一向に出なかった。私は郁子先生が話している間も補聴器をつけなかったが、先生からは何の光も出なかった。それは、私にそれが見えなくなったのではなくて、それはもうどこにもないのではないかと思った。先生の周りにはレモン色の光はもうないのかもしれないと思った。映実の周りにも。先生の話している間、映実は黙ってピアノの上の野良猫を撫でていた。野良猫を撫でる映実の指先は益々太く頑丈になっていた。

私は、高校を卒業するとすぐに働き始めた。大学には進学しなかった。映実がピアノの練習と受験勉強を両立させている間、私は古文書ばかりを読んでいたから、成績は一貫して悪かった。五を取れるのは古典ぐらいのものだった。それで、祖母の紹介で古本屋に雇って貰った。古い家が多い地域柄、古文書を扱う古本屋が何軒かあったのだ。店の客に頼まれて古文書を訳した話が広まり、翻訳も時々やらせて貰っていた。昼間は古本屋で働き、夜は古文書を訳した。仕事が休みの日には祖母を訪ねた。私の生活は中学や高校の頃とさほど変わりがなかった。ただ、気がつけば、借家にいるのは私だけになっていた。映実が寮に住むようになると、父が長い撮影旅行に出掛けるようになったのだ。時には数ヶ月も帰ってこなかった。借家は更に静かになった。静けさがより一層深まった。それはまるで深い海の底のようだった。ふいに、置き去りにされたような気持ちになる夜があった。じっと深海の底に座り、一人でうずくまっているような気持ちになるのだ。そのような夜には、黄色い光を懐かしく思った。風景が黄色く染まっていた頃には、こんな気持ちになることはなかった。黄色くぼやけた父や映実がいつもいた。

ある日の夜、私が深海の底に座っていると、急に胸元を風が通り過ぎた。一日中つけていた補聴器を外した後の右耳に、風が入り込む時の感じと似ていた。心臓の辺りを見てみると、そこに大きな穴があいていた。そして、穴の奥から、僅かな光が漏れていた。私は体をかがめて穴の中を覗いた。懐かしい黄色い光の粒が庭先の蛍のようにゆらゆらと揺れていた。その光を眺めながら、ふと、侍の書付を読み返してみようと思った。あの書付からは黄色い光の粒が湧いたことを思い出した。穴の奥から私を照らしているのは、その時の光の粒なのかもしれないと思った。

次の休みの日、祖母の家に行き、書付をまた見せて欲しいと頼んだ。祖母は、私が初めてそれを見たのと同じ卓袱台に座りお茶を飲んでいた。梅雨が明けたばかりで、前庭の草木が瑞々しく輝いていた。祖母はスッと立ち上がり、黙って居間を出ていった。やがて戻ってきた祖母は書付ではなく鍵の束を手にしていた。

祖母の家は大きな日本家屋だが、誰が住んでいたのか裏庭に離れが建て増しされていた。離れの玄関にはいつでも鍵がかかっており、私は中に入ったことがなかった。祖母は手にしていた鍵束の中から慣れた手つきで一つを選び出すと、玄関を開けた。玄関の先には母屋と同じように、まっすぐに廊下が伸びていた。右側の壁は一面が大きな窓で、薄いカーテンから西日が降りそそいでいた。窓から外を覗くと、裏庭の一部と祖母の寝室の窓が見えた。カーテンからはほんのりと柔軟剤の匂いがした。裸足の足に板の床がひんやりと気持ち良かった。蜘蛛の巣が張り巡らされ、まっくろくろすけでも出てきそうなカビ臭い屋内を想像していたのだが、祖母は定期的に離れの手入れをしているらしかった。

窓と反対側の壁は突き当たり手前が磨りガラスの入った木の引き戸になっていた。祖母が引き戸を開けると、中は洋風の居間だった。母屋は台所こそ手を入れて土間ではなくなっていたが、それ以外は江戸時代を思わせる日本家屋だったから離れが洋風になっているのは意外だった。どことなく手作りの趣のある別荘みたいだった。居間の南西に向いた壁一面は上半分が大きな窓になっており、そこから緑に覆われた山が見えた。山と山の間に小さな三角形の海が見える。座り心地の良さそうな落ち着いた色合いの赤いソファーが山を眺めるように置いてあった。祖母が窓を開けると、ほんのりと潮の匂いの混じった風が入ってきた。居間はそのままダイニングルームに繋がっている。そこには必要以上に大きな木のテーブルがあった。前庭で摘んだと思われる青い紫陽花が花瓶に生けられていた。祖母がテーブルの横を通って台所の方に歩いていった。すると、テーブルに人影のようなものが現れた。私は、深海の底にい過ぎて目がおかしくなり始めているのかと思った。目を擦り、もう一度テーブルの方を見た。人影はまだそこにあった。そして、徐々に輪郭がはっきりとしてきた。しばらく見ていると、それは映実になった。私と二人でピアノ教室に通っていた頃の小さな映実だった。一心にテーブルの上の紫陽花を描いている様子で、幼いやわらかい指が青色の色鉛筆を握っていた。私が呆然としていると、映実が顔を上げた。そして私の方を見た。私が思わず、「映実？」と声を掛けると、スーッと消えてしまった。

「ああ、鳴海には映実に見えるのだね」

祖母は何でもなさそうにそう言うと、台所の横から玄関とは反対側の廊下に出ていった。私は慌てて祖母を追った。廊下に出ると、突き当たりに山側の方に出る裏戸があり、戸が開いていた。外を覗くと、祖母が離れの更に後ろに建てられているガレージのような小屋のドアを開けているところだった。私はその辺にあったサンダルを履いて外に下り、祖母の後ろから小屋に入った。

中は真っ暗だった。祖母がドアの横のスイッチを入れると、チカチカと天井が光り、辺りが明るくなった。そこは窓のない六畳ほどのスペースだった。壁際に黒い布で覆われた大きな物体があった。祖母が布をのけると、古そうな茶色い縦型のピアノが現れた。祖母はピアノの前に座ると、鍵盤蓋を上げた。そして、ゆっくりとしたテンポの曲を弾き始めた。聞いたことのない曲ではあるが、クラッシックというよりは民謡のようで、どこか懐かしさを感じた。そして、着物姿でピアノの前に座る祖母は、まるで侍の時代の人のように見えた。私は補聴器を外した。しばらくすると、祖母の周りをレモン色の光が漂い始めた。それは、私が幼い頃にピアノを弾くと出た光に似ていた。大きくなったり小さくなったりする光の粒だった。そして、決して並ぶことなく、上下左右に好き勝手に動き回る光だった。それはやがて、一つの大きな光になり、小屋中をぐるぐると回った。

ピアノを弾き終えた祖母が何か言った。私は補聴器をつけた。

「私も鳴海と同じで、小さな頃から左耳がよく聞こえない。私が子供の時分には補聴器などというものはなかったけれど、幸いに右耳は聞こえるから、気をつけていれば、日常生活は何とか過ごせた」

窓のないその小屋は、侍が建てたものだ。侍は、今では誰でも知っているピアノメーカーの創業に技術者として携わり、日本独自にピアノを作成することに成功した。ドレミも分からない侍は、音楽学校（映実が今通っている大学だ）に頼み込んで特別聴講生として授業を聴き、調律や音楽理論まで勉強した。祖母がそう話し始めた。

「書付にそう書いてあった」

私が言うと、祖母が静かに頷いた。そして、書付には書かれていなかったことを話してくれた。それは、祖母の祖父にあたる人、侍の長男から聞いた話だった。

侍は、オルガンを修理した後、自宅の裏庭に小屋を建て、そこに籠ってオルガンの研究をし始めた。自分でもオルガンを作ってみようとしたのだ。夜でも音を出せるように、小屋は母屋から離れたところに建て、窓もつけなかった。家の人が小屋に入ることも禁じていた。ある日、暑い昼間に入口のドアを開けて研究をしていると、声がした。

「もっと高く！」

十歳になる侍の長男だった。侍は最初、息子を叱り、母屋に戻るように言いつけた。けれど、息子はしばらくするとまた戻ってきて、「もっと高く！」と言い続ける。

「私のじいちゃんは耳がものすごく良くて、小屋から聞こえてくるオルガンの音が少しでも違っていると耳障りだったそうだ」

祖母が言った。

侍はやがて、じいちゃんの耳の良さに気がつき、それは楽器を作る上で重要だと考えた。そして、その才能を伸ばそうとした。音楽学校へ授業を聴きに行く時には、まだ子供のじいちゃんを一緒に連れていった。じいちゃんはそこで、ピアノの音色の美しさに魅せられた。これまで耳にしたどんな音よりも美しいと思った。いつまででも聴いていられると。そして、弾く人が変わると、同じ曲がまるで別のもののように聞こえることに感動した。どの演奏もそれぞれに美しいと思った。しかし、大学のピアノであっても、調律がきちんとされていないことがあった。そうすると、美しい演奏が途切れるように聞こえた。じいちゃんは楽器の製作ではなく、調律の技術を磨く道を選んだ。

「私にピアノを勧めてくれたのはじいちゃんだった」

と、祖母が言った。

耳があまり聞こえていないことが分かると、祖母は学校へ行く代わりに家で花嫁修行をさせられた。耳が聞こえなくても家のことが出来れば嫁に出せると、他の兄弟や姉妹が学校に行っている間、家の勝手仕事を手伝わされた。その様子を見ていたじいちゃんは祖母を不憫に思ったのか、定期的に調律をしに行っているお宅のお嬢さんに頼んで、ピアノを習わせてくれた。家には、侍が購入し、じいちゃんも仕事道具にしているピアノがあった。祖母は小屋に入って練習することを許された。祖母は熱心に練習をした。ピアノを練習している間は家の手伝いをさせられることはなかったから、余計に練習をした。

「じいちゃんは、私のピアノを大層褒めてくれてね」

そこで祖母は、鍵盤を一つ叩いた。レモン色の光の粒がぽわんと浮かんだ。

「耳が良くないせいか、私のピアノはリズムが少し狂うらしいのだけれど、それは狂っているのとは違うと言ってね」

音楽にはその土地独特のリズムというものがあって、クラッシックのそれとは少し異なるとじいちゃんは言った。三味線や和太鼓など、それぞれに独特の間合いがあると。あるいは、民謡のリズム。あるいは、アメリカのジャズというもののリズム。祖母のピアノには祖母のリズムがあると、じいちゃんは言った。そして、それはとても美しいと言った。いつまでも聴いていられると。

ある日、音楽学校から依頼を受けて、学校の古いピアノを調律しに行く機会があった。じいちゃんは祖母を一緒に連れていった。じいちゃんが仕事をしている間、学校の人が構内を案内してくれた。学校には女学生の姿が多く、祖母は彼女らに憧れた。自分もこのようなところでピアノを弾けたらと思った。けれど、それからまもなくして縁談話があり、よその土地へ嫁ぐことになった。

「どこかに、その思いが残っていたのかもしれないねえ。あの子はそれを感じて、私のためにピアノを弾いてくれていたのかもしれない」

と、祖母が言った。

あの子とは、私と映実の母親のことだ。母は耳がとても良く、どんな曲でもすぐに弾けるようになったという。

「映実はお母さんに似たんだね」

私がそう言うと、祖母は私を招き寄せ、私の聞こえない左耳をやさしく手で覆った。

「鳴海は古文書を読むのが好きかい？」

祖母が聞いた。私は、好きだと答えた。大抵の古文書は何かの記録や日記で、誰かに向けて書かれたものではない。けれど、あるいはだからこそ、書いた人の物語が詰まっている。私はそんな風に感じていた。

「誰かの話を聴いているみたいで好き」

私は言った。

「耳が聞こえないのに、聴いていると言うのは変だけど」

と、つけ加えると祖母は言った。

「じいちゃんならきっと、それは鳴海のリズムだと言うだろうね」

祖母がまた鍵盤を一つ叩いた。今度は、小さめの光の粒がいくつか、ぽわんぽわんと浮かんだ。

「一度目の結婚では、なかなか子供が出来なかった」

祖母が続けた。

子供の出来ないことを理由に、数年のうちに祖母は実家に戻された。耳も満足に聞こえず、子供も産めないとあれば、縁談として成り立たないと。祖母は、以前のように家の勝手仕事を手伝ったり、ピアノを弾いたりして日々を過ごした。しばらくすると、戦争が激しくなり始め、若い男性は皆、召集された。祖母のすぐ上の兄も召集された。そのような中で、祖母にまた縁談の話があった。持ってきたのはじいちゃんだった。縁談相手は、じいちゃんの下で調律師として働いている男性だった。祖母の父も兄弟も誰も調律の仕事をしていなかったこともあり、じいちゃんは男性に丁寧に仕事を教えていた。その人は、祖母より十五は年が上で四十を過ぎていたが、独身だった。身寄りがなく、長いこと住み込みで働いていた。口数の少ないとてもおとなしい人だったが、仕事熱心で調律の腕も良く、家のことも何でも手伝ったから、半ば家族のような存在だった。男性は大抵、じいちゃんが調律に出掛ける際には一緒に出向いたが、小屋で一人、道具を手入れしていることもあった。仕事中に祖母がピアノを弾きに行っても、彼はいつでも小屋を使わせてくれた。昼間であれば小屋のドアを開け放し、夜であればドアを閉めて自分は外で道具を磨いた。仕事先でいらなくなった楽譜を貰ってきてくれることもあった。祖母は兄のように思っていた。

「短かったけれど、あれほど楽しい時はなかった」

祖母が言った。

母屋には祖母の一番上の兄が結婚をして住んでいたこともあり、じいちゃんが母屋と小屋の間に離れを建ててくれた。自分はもうすぐ引退するから、調律の仕事は男性に継がせると言った。であれば、母屋とは独立した家に暮らすのは筋であると理屈をつけた。家は簡素ではあったが、窓が大きく気持ちが良かった。朝は台所に朝日がたっぷりと入り、夕方には居間の大きな窓の端っこから太陽が山へ沈んでいくのが見えた。戦争中であったし祖母にとっては二度目の結婚だったから、派手なことはせず、近隣に住む身内を少しだけ呼んでお祝いの席とした。

「すぐにあの子が生まれてね」

祖母は一度目の結婚を離縁された理由が子供を産めないことだったことを忘れてしまっているように、静かにそう言った。

「よく声の通る元気な女の子でね。あの子の声は私の耳にもよく聞こえた」

私は映実のよく通る声を思い出した。佐々木さんが来ると、彼の名を叫びながら玄関に走っていった。そして、横にぴったりとついて調律の様子を見ていた。「もっと高く！」

ふいにパズルが解けた。坊っちゃんの正体はじいちゃんだと思った。そして……。私は思い切って聞いてみた。

「二番目の旦那さんは佐々木さん？」

祖母は黙って立っていき、壁際の棚から古い楽譜を持ってきた。それはまるで古文書のように和紙に手書きされ、紐で閉じられていた。

「短かったけれど、あれほど楽しい時はなかった」

佐々木さんのことにも楽譜のことにも触れずに、祖母がまた言った。

二番目の夫との穏やかで静かな日々はすぐに終わってしまった。母が一つになろうかという頃に、夫に召集令状が届いたのだ。夫の年齢では本来であれば兵役は終わっていたが、その頃には徴兵年齢の幅がどんどんと広がっていた。

「召集令状のことを皆、赤紙と言ったけれど、その頃には物資不足でインクが足りないのかピンク色だった」

祖母はそう言って、楽譜の間に挟んであった令状を見せてくれた。確かにそれは、いかにも薄めて作った液で染めたようなぼんやりとした色合いをしていた。

その薄さが象徴するように、夫が召集されて一年ほどで戦争は終わった。しばらくして、祖母のすぐ上の兄が帰ってきた。けれども、夫は帰ってこなかった。いつまでたっても、何の知らせもなかった。死亡告知書も遺骨も遺品も何も届かなかった。祖母が持っていた赤紙を見た兄が、それは入隊時に回収されるはずのものだと言った。何の連絡もないのは、赤紙が当局に保管されていないからではないかと。だとすれば、夫が死んだとは限らないと祖母は思った。怪我か病気か何かでどこかに入院したままでいるのかもしれない。祖母はずっと待っていた。

母が四つになる頃、じいちゃんが亡くなった。調律の仕事による収入がなくなると、祖母に再び縁談の話が持ち上がった。祖母の三番目の夫になったのは、師範学校卒業後まもなくして兵役についた人だった。帰還後は小学校の教員として働いていた。私が祖父として知っているのはこの人だ。三度目の結婚後すぐに、祖母は母にピアノを習わせ始めた。母は耳が良く、どんな曲でもすぐに弾けるようになった。夫の勤める小学校の音楽教師のツテで、芸術大学を卒業したというピアノ教師が見つかった。レッスンは本格的なものになった。やがて、母は小学校へ入学し、合唱大会などでは必ず演奏をするピアノの上手なことで評判の生徒になった。中学、高校とピアノ中心の毎日だった。

「あの子が芸術大学を目指し始めた頃、小屋のドア先にこの楽譜が置いてあった」

祖母は、膝の上に置いていた楽譜を私に手渡した。手書きの音符の上を手で撫でると、淡い淡いレモン色の光が静かに湧いた。これまでに見たことのない光だった。和紙の上をふらふらと頼りなげに彷徨った。

「あの人だとすぐに分かった」

祖母は、小屋の中を探し回って帳簿を見つけだし、昔、じいちゃんが調律をしていたお宅を一軒一軒訪ねて回った。戦後十五年以上たっており、大方の家は、ピアノを習う子供がいなかったり、戦争中にピアノを処分していたり、あるいはそもそも、家自体が空襲で焼けてなくなっていた。数軒が今でも調律師を雇っていたが、その人は二番目の夫ではなかった。けれど、ある一軒のお宅の親戚が隣町に住んでおり、そこの家の調律師が帰還兵だという。祖母は、ある日、現在の夫である祖父に適当な言い訳をして、その家を訪ねた。

「会うつもりはなかった。それは出来ない。あの人は亡くなったことになっている」

と、祖母が言った。

立派な家だった。呼び鈴を鳴らすと、出てきたのはお手伝いらしき若い女性だった。祖母は良い調律師を探しているのを装い、人から紹介されて訪ねてきたと言った。お手伝いは、「奥様は外出中なので詳しいことは分かりませんが、佐々木さんとおっしゃる男性の方です」と教えてくれた。それで十分だった。

「さっき、弾いてくれたのは、この楽譜の曲？」

私は聞いた。祖母が頷いた。続けて言った。

「あの子は本当は絵が描きたかったのだと思う」

そう聞いて、先ほど、離れのダイニングテーブルに座っていた女の子を思い出した。私は映実だと思ったが、あれは母だったのかもしれない。そういえばあの時祖母は、鳴海には映実に見えるのだねと言ったのだ。

母は祖母の言う通りに熱心にピアノを練習し、芸術大学に合格した。絵の道に進みたいとは言わなかった。大学の近くにあった女子寮に入り、真面目に大学へ通った。コンクールへ出場する機会も与えられた。そして、応募用の写真を撮りに行った写真館で父に出会った。

「亡くなる少し前、家にいる間、あの子はずっと絵を描いていた。子供の頃によくそうしていたように。ダイニングテーブルに腰掛けて、目に映るものを何でも描いていた」

紫陽花の絵を描いていたのはやはり、幼い頃の母だったのだ。私は、女の子の幼いやわらかそうな指を思い返した。あの指も、映実のそれのように太く頑丈になっただろうかと思った。

「映実は元気にしているかい？」

祖母が言った。

「元気にしている」

家に帰ると、撮影旅行中の父から絵葉書が届いていた。いつものように、安否確認みたいな内容だ。父はヨーロッパまで旅しているようで、葉書はオランダのゴッホ美術館のものだった。小さく英語の説明書きがあり、父が日本語に訳してくれていた。「ゴッホが描いた《ひまわり》は七枚あり、そのうちの一枚がゴッホ美術館に常設されている」父自身のメッセージよりよっぽど長い。裏返すと、花瓶に生けられたひまわりの絵が印刷されていた。背景の壁も花瓶も、それの置かれたテーブルも、その全てが黄色の濃淡で画面いっぱいいっぱいに描いてある。ふいに懐かしい気持ちになった。それは、私がまだ補聴器をつけていない頃に見ていた黄色い風景に似ていた。私はしばらく絵を眺めた。ひまわりとは日の方に向くから向日葵という名前になったはずだが、どの花もなんとなく下を向いていた。何本かは、牡丹のようにも見えた。私は絵葉書を居間の壁に貼った。その黄色い風景を眺めながら、祖母から聞いた話を思い返していた。母は本当は絵を描きたかった。そう祖母は言った。映実はどうなのだろうと思った。父が私たちに子供の頃からピアノを習わせたのは、たぶん、祖母と祖父への償いだったのだろう。母の故郷に住み、孫がピアノを弾く姿を見せてあげることで償いをしているのだろう。映実にはそのことが分かっていたのかもしれない。だから、ピアノのために芸術大学を受験すると決め、その日から全く絵を描かなくなった。下を向いた牡丹みたいなひまわりが映実に思えた。映実もまた、深海の底でうずくまっているのかもしれない。郁子先生に止められていたから、父も私も映実の寮を訪ねたことがなかった。映実が大学でどんな風に生活しているのかを見たことがない。そこで私はハッとした。大学はそろそろ夏休みが始まるはずだ。いつもなら、帰省する日程の知らせが入るが、それがまだない。「映実は元気にしているかい?」そう聞いた祖母の言葉を思い出した。

しばらく考えて、映実を訪ねてみることにした。寝室に行き、押入れを開けて父の古いボストンバッグを引っ張り出した。その時、隅の方に何か見覚えのある缶を見つけた。映実の宝物箱だった。それは、お歳暮か何かで貰ったクッキーの空き缶で、映実が私のお茶の水博士の缶をとても羨ましがったために父が彼女に与えたものだった。クッキーの缶はキャンディーのそれに比べてはるかに大きく、映実は、海辺で拾った貝殻や良い匂いのする消しゴムなどいろいろなものを入れていた。中学生や高校生になっても、大事なものは缶に入れるほど大切にしていたものだ。大学のある街へ引っ越す際、映実はまるで二、三日の小旅行に行くかのように小さなスーツケース一つだけで出ていき、寝室は二人で使っていた頃とあまり変わっていなかった。けれど、宝物箱は、映実がいつもそれを置いていた本棚から消えていたので、持っていったとばかり思っていた。どうして押入れの隅に仕舞い込んだりしたのだろう。私は宝物箱を定位置である本棚に戻し、改めて部屋の中を見渡した。そうすると、映実がいた頃そのままになった。

本棚は木製の四段のを二つ並べてある。高さ一メートルくらいの小型のものだ。棚板の高さを調節出来るタイプで、一番下の棚には大型の百科事典や父のカメラ雑誌が収まっている。雑誌の横には二十センチほどの幅で空きスペースがあり、映実はそこに宝物箱を置いていた。そのすぐ上の棚には、私の古文書解読ノートと、それに競い合うように増えていった映実のスケッチブックがそのまま残っていた。スケッチブックは私が祖母の家に行く時に頼まれて買っていたもので、マルマンのＢ５サイズの小さなものだ。映実は、その小さなスケッチブックをカバンに入れて、いつでも持ち歩いていた。私はその内の一冊を手に取った。映実の絵は、その大きく通る声の感じとは違い、緻密だ。写真に撮ったように正確に描かれている。私はしばらくスケッチブックをパラパラとめくり、その精巧な絵を眺めた。そして、時折、ページが破り取られた跡のあることに気がついた。別のスケッチブックも見てみると、やはり数枚が破り取られている。私はしばらく考えてから、宝物箱を開けてみた。

それは今では少し錆びかけており、蓋が堅くなっていた。缶の一方をお腹で支えて指に力を入れると、パコッという音とともに勢いよく開き、中身が飛び出した。転がっていったのは中途半端に使った跡のある消しゴムだった。匂いを嗅いでみると、かすかにいちごの匂いがした。貝殻やキティーちゃんの顔がついた鉛筆のキャップ、薄紙の切れ端。そういったものの下に、スケッチブックから破り取ったと思われる絵が何枚か入っていた。私は、それらを取り出し、一枚一枚眺めた。絵は全部で六枚あった。どの絵にも私が描かれていた。アイスクリームを食べている私。窓の外を見ている私。縁側で猫を撫でている私。自転車に乗った私。本を読んでいる私。墓石の周りを歩く私。どれも、いつもの緻密な絵とは全く違っていた。B5サイズの紙いっぱいいっぱいに、はみ出さんばかりに大きく描かれていた。余白というものがなかった。アイスクリームを食べている私は、鼻と口元だけが着色料の鮮やかな氷河色と共にアップになっていた。窓の半分は私の後頭部で、そこから真っ白な入道雲が流れていた。丸い猫の背中と私の膝小僧、自転車の後輪と私のお尻、分厚い本と私の横顔。墓石の上を撫でる私の手。

その夜、夢を見た。私は祖母の離れにいた。映実がダイニングテーブルに座って絵を描いている。テーブルの上には何本ものひまわりが花瓶に生けられていた。映実は私に気がつくと、描いていた絵をスケッチブックから破り取って見せてくれた。それは、紙いっぱいいっぱいにはみ出さんばかりに描かれた補聴器をつけた巨大な私の右耳だった。

翌朝目覚めると、私は右耳がそこにあるか確かめた。もちろん、耳はそこにあった。念のため、枕元に置いてあるお茶の水博士の缶の中身も確かめた。補聴器はいつものように静かに横たわっていた。私はそれを手に取って、右耳に入れてみた。隣の家の犬が鳴く声がした。立てつけの悪い雨戸を誰かが開けている。補聴器は正常に機能していた。

私は寝床から出て、出掛ける支度をした。昨夜の内に出しておいた父の古いボストンバッグへ数日分の着替えと洗面道具、読みかけの古典、祖母から預かった楽譜と映実の宝物箱に入っていた六枚の絵を入れた。楽譜と絵は、汚れないように古文書を持ち歩く時に使う紙挟みに入れた。ふと思い、ゴッホの《ひまわり》の絵葉書を居間の壁から剥がし絵の間に入れた。それから、簡単に朝ご飯を作って食べ、縁側に少し多めに猫の餌を置いた。念の為、居間のテーブルに父へのメモを残した。映実のところへ行ってきます。と。

駅へ行く途中で古本屋へ立ち寄り、事情を説明し（妹が今年は帰省出来ないようなので、様子を見に行くためと言った)、しばらく休ませて欲しいと伝えた。幸い、翻訳途中の古文書はなかった。店主は何も聞かずに気持ちよく承諾してくれた。そして、目の前にあった旧式のレジスターから白い封筒を取り出し、「それなら何かと入用かもしれないね」と、その月の給与を前払いしてくれた。封筒の白とレジスターのくすんだクリーム色の組み合わせが、幼い日に父に連れられて行ったお茶の水博士の病院のことを思い出させた。あの日、博士は、ちょうど今、私と店主の間に鎮座しているレジスターによく似た機械を使って、私の耳が聞こえていないことを確認したのだ。そして、大きな病院への紹介状を書き、白い封筒に入れて父に差し出した。そんなことは、何年も思い出しもしなかった。

「ありがとうございます。助かります」

私はそう言って、白い封筒を受け取った。

それから、祖母の家へ行くのとは反対方向の上り電車に乗り、特急列車の発着する大きな駅に行った。駅の構内に旅行会社があるので、そこで大学までの行き方を調べて貰い、切符を買えばいいだろうと思った。

芸術大学のある街までは在来線と新幹線とバスを乗り継いで半日以上かかる距離だった。白いブラウスに紺色のベストという制服を着た中年の女性スタッフが（胸のところに会社名が赤い糸で刺繍してあり、その下に名札がピンで留めてある。宮川と書いてあった）カウンターの向こうで時刻表をパラパラとめくりながら、私がこれから乗るべき列車を調べてくれた。宮川さんは全体的にふっくらとした体型で、ボールペンを持つ指は、節くれて、全体的にむくんでいた。左手の薬指にはめられたシンプルな金色の指輪が指に食い込んでいた。その手を見ながら、宮川という名前に聞き覚えがあるように思った。私の知り合いといえば古本屋の常連客くらいのものだが、その中にはいない。しばらく考えてみたが、どこで宮川という名前の人に会ったのかは思い出せなかった。

私が思い出すのを諦めかけた頃、宮川さんが私の前にメモを差し出した。列車の名前、乗換駅、それらの駅での発着時間が、手の印象とは違う緻密な字で書かれていた。それによると、映実のところへは夜の七時過ぎには到着出来そうだった。私は、全ての切符を宮川さんに発券して貰った。そして、先程、古本屋で貰った白い封筒からお金を出して払った。

お盆にはまだ間があったが、特急列車には老夫婦や中年の女性グループなど、ちらほらと乗客がいた。温泉で有名な街へ行く列車だからだろう。一人で乗っているのは私くらいのものだった。夏日を思わせる暑さで、皆、窓を開け放していた。汗ばんだ体を風が通り抜けていく。中年女性グループは椅子をひっくり返して向かい合わせに座っている。老夫婦は隣の車両との境に近い席に座った。一人で遠出をするのは初めてのことだったが、不思議と緊張感はなかった。けれど、気がつけば何度も右耳に手を当て、補聴器がついていることを確かめていた。

列車が走り出してしばらくすると、車内販売のカートが横を通った。昼ご飯のために駅弁とお茶を買い求めた。前の座席の背に備えつけられたテーブルを下ろし買ったものを置くと、窓の外の風景をぼんやりと眺めた。祖母の家に行くのとは違い、海は全く見えなかった。深い山間に入ったかと思うと、緑鮮やかな田園風景が広がる。そしてまた谷底へ入る。それが繰り返された。風景の規則性と、座席から伝わる小刻みな振動とでウトウトとしていると、ふいに左肩を叩かれた。びっくりして振り向くと、車内に入った時に見かけた老父婦の旦那さんの方が立っていた。白い綿の開襟シャツに薄いクリーム色の麻のスラックスを履いた上品な雰囲気の人だ。祖父に少し似ていた。

「驚かせてしまいましたかな？　申し訳ない」

と言って、お菓子の包みを差し出した。この辺りの名物せんべいだ。祖母の家に時々頂き物があった。それでつい自然に手が伸びた。受け取ってしまってから慌てて礼を言うと、「お一人でご旅行ですか？」と老紳士が聞いた。私が「親戚の家に行きます」と言うと、「それはいいですね。お気をつけて」と言って、自分の席に戻っていった。私はせんべいを先ほど買った駅弁の上に載せると、立ち上がって彼が席に着くまで見ていた。老紳士が私が見ているのに気がついて頭を下げた時、連結面のドアが開き、小学一、二年生くらいの小さな女の子が入ってきた。転びそうになり、老紳士が両手を出して支えてやった。そのすぐ後ろから、もう少し大きな女の子（小学四年生くらいか）が入ってきた。二人ともお揃いの白に近い水色のサッカー生地のワンピースを着ている。赤いリボンのついた麦わら帽子もお揃いだ。二人はサイズ違いの人形みたいにそっくりだった。その様子を見ていて、私は急に、宮川さんが誰だったかを思い出した。宮川というのは、祖父の旧姓だった。

祖父は祖母の三番目の夫だ。戦後、故郷を離れて祖母の家の近くの小学校に赴任し、戦争未亡人となった祖母と結婚した。婿養子だった。祖父自身も兵役に就いたが、祖母の兄同様に帰還した。私が幼かったからということもあるが、生前、祖父が戦争のことを口にするのを聞いたことはない。けれど、一度だけ、内にある気持ちを僅かに表したことがあった。亡くなる一年か二年前、祖父が私と映実を連れて遠出をした時のことだ。今私が乗っているような特急列車で出掛けた。父がその時どうしていたのか、また、なぜ祖母が一緒でなかったのか、事情は忘れてしまった。私も映実も旅行などしたことはなかったから、大はしゃぎしたことをよく覚えている。お盆の時期で、行った先は祖父の故郷だった。急な坂道の多いところで、映実と二人で祖父のお尻を押して坂を上がった。眼下に広がる美しい港町を三人で眺めた。三日月の形をした湾と浮かぶ船、月の上の街がおもちゃみたいに見えた。街を眺めた後に、坂の上に広がる墓のいくつかにお参りをした。小学生の私にも読めるような苗字（田中とか山下とか林田とか）の墓に手を合わせて回った。祖父はどの墓の前でも長く手を合わせていたので、そのうち映実は木陰を見つけて絵を描き始め、私は墓石と祖父の周りをぐるぐる回った。祖父が顔を上げた時に、「誰のお墓？」と聞くと、「帰ってこなかった友達だ」と言った。祖父は最後に「宮川家の墓」と彫られた墓石の前で手を合わせた。私は「宮川さんも帰ってこなかったの？」と聞いた。「宮川さんだけが帰ってきた」と祖父は言った。

スーッと開いた新幹線のドアから重ったるい空気が流れ込んできた。まるで誰かが使った直後のお風呂場に入ったみたいだった。私の住む街は、祖母が冬でも縁側に出るガラス戸を全て開け放しておけるような温暖な気候だが、湿気はそれほどでもなく、夏でも爽やかだ。それとはまるで違っていた。雨がいつ降り出してもおかしくないくらい、空気はたっぷりと水分を含んでいた。たった半日電車を乗り継いできただけで、日本の気候はこんなにも変わるものなのか。私は溢れ出す汗をハンカチで拭いながら駅の構内を出て、乗るべきバスを探した。駅前には大きなバスのロータリーがあり、行き先を示した案内表示板がいくつも並んでいた。ほとんどの表示板の前に人の列が出来ていた。会社帰りらしい人や学生に混じり、観光客風の人たちも並んでいた。この街にはたくさんのお寺があるので、そこを参拝する人たちなのかもしれない。宮川さんのメモによれば、このバスが最終行程だ。映実は大学から歩いていける距離に住んでいるはずなので、大学行きのバスを見つければいい。あと少しだ、と私は思った。ロータリーの奥に低い山が見え、その西の端に太陽が浮かんでいた。

バス停はすぐに見つかった。出発までに十五分以上あったからか、あるいは夕方から大学方面へ行く人は少ないのか、表示板の前には誰もいなかった。私は一人で、山を眺めながらバスを待った。立っているだけで汗がダラダラと流れる。案内表示板に書いてある時刻表を確認すると、終点の大学までは二十分以上かかるようだ。今のうちに何か飲んでおいた方がいいと思い、バス停を離れて駅の構内に戻った。キヨスクの横に自動販売機を見つけ、烏龍茶を買った。缶の冷たさが手の平に気持ち良い。構内は排気ガスがない分いくらか涼しく、私は販売機の前に立ったまま、その場でお茶を飲んだ。喉から食道を伝って冷たい液体が胃に落ちていくのを感じた。

販売機とキヨスクの間にパンフレットスタンドが置いてあった。三列、四段の大きめのスタンドだ。私は烏龍茶を飲みながら、色とりどりの観光案内のチラシを眺めた。そして、一枚に目が止まった。そのチラシには、『セザンヌゴオホ画集』と縦書きで書かれた古文書のような風合いの画集と、画集の中身と思われる絵が並べて印刷してあった。その絵は、ゴッホの《ひまわり》みたいに見えた。壁の前にただ花瓶があって、そこに何本かのひまわりが生けられている。けれど、その全てが黄色の濃淡で描かれた《ひまわり》とはだいぶ違い、花瓶は黒に近い深い紺色の部屋に置かれ、ひまわりはどれも枯れかかっているように見えた。チラシは、この辺りで開催中の展示会のもので、「大正十年白樺社発行『セザンヌゴオホ画集』なども展示」と書いてあった。ゴオホとはゴッホのことなのだろう。やはり、この絵はゴッホが描いたものなのだ。そういえば、父が送ってきた絵葉書に、《ひまわり》は七枚あると書いてあった。私はチラシを一枚取り、バス停に戻った。

私が烏龍茶を飲んでいる間に、案内表示板の前には三人の人が並んでいた。大学生風の髪の長い女の子が一人と（まっすぐな黒髪が腰まである）、初老の夫婦（と思われる二人連れ）。女の子は肩に大きめのトートバッグを抱えている。バッグから円柱形のケースが覗いている。芸術大学で絵画を勉強しているのかもしれない。老夫婦の方は、ハイキングか何かの帰りなのか、二人とも薄い生地で出来た長袖の白いシャツにベージュの木綿ズボンという姿だ。背中にはナップザックを背負い、がっしりとしたハイキングブーツを履いている。ナップザックの色こそ違っていたが、ほとんどペアルックと言ってもいいほどだ。けれど、そのお揃いの雰囲気を顕著にしているのは、夫婦の髪の毛だった。二人とも見事な銀髪なのだ。男性の七三分けの髪も、女性の耳の下で切り揃えられたおかっぱ頭も、川の流れのように銀色の濃淡の筋が入っていた。この髪の色のせいで、初老だと感じたが、あるいはまだ六十にもなっていないのかもしれない。背筋もピンとしている。私は銀髪の二人の後ろに並び、その川の流れを眺めていた。

時刻表通りにバスは出発した。乗客は結局、我々四人だけだった。髪の長い女の子は後部座席に、銀髪の夫婦は運転手の後ろの一人席に縦に並んで座った。私は、銀髪の夫婦より少し後ろの、通路を挟んで反対側に座った。バスはあっという間に駅前の喧騒を抜け、しばらく、静かな川沿いを走った。私は窓をいっぱいいっぱいに開けた。もわんとした空気が流れ込んでくる。決して爽やかな風ではないが、それでも汗をかいた額や首筋に気持ちが良かった。そのうちに頭がぼんやりとしてくる。今日は一日中電車を乗り継ぎ、音に集中していたからだろう。バスは終点で降りればいいので、車内アナウンスに気をつけている必要もない。私は右耳から補聴器を外した。耳の中を風が通っていった。

バスの大きなフロントガラス越しに、ロータリーの奥にあった低い山がずっと見えていた。バスは山に向かって北へ進んでいるようだ。西の端に浮かんでいた太陽が徐々にその位置を落とし、辺りをオレンジ色に染め始めていた。その様子を眺めながら、ふと、自分はこの街で生まれたのだと気がついた。父によれば、母は私と映実が生まれる直前、父に会うために祖母の家から一人でこの街へ戻ったのだ。侍が音楽学校の特別聴講生として勉強した街であり、じいちゃんが調律を目指すきっかけになった街であり、祖母が憧れた街だ。目の前の山がゴッホの花瓶に見えた。

どれくらい走っただろうか。川が二手に分かれた。バスは橋を渡り、支流に沿って進路を東に変えた。太陽は山の向こうへ沈み、辺りは薄暗くなり始めていた。バスは徐々に川から離れ、道沿いにぽつぽつと店が出始めた。電灯の光で辺りが再び明るくなる。商店街へ入るとまもなくしてバスが止まった。そういえば、途中のバス停には誰も待っていなかったのか、バスはここまで一度も止まらなかった。終点かもしれないと思ったが、銀髪の夫婦が降りる素振りはない。降車ボタンを押したのは髪の長い女の子のようだ。彼女が私の横を通り、前方のドアから降りていった。横を通る時、肩に掛けたトートバッグに添えた左手が見えた。そのまっすぐな髪と同じように細くて長いきれいな指をしていた。指先に深海を思わせる紺色の絵の具がついていた。展示会のチラシにあった『セザンヌゴオホ画集』の《ひまわり》を思わせる深い紺《あお》だった。

髪の長い女の子が降り、すぐにバスは出発した。商店街を通り抜け、ほんの数分走ると再び止まった。銀髪の夫婦が席を立った。その際、おかっぱ頭の奥さんの方が私の方を振り向き、何か言った。私は慌てて、手に握っていた補聴器を右耳に入れた。彼女はその間、バスを降りずに私の様子を見ていた。それからまた口を開いた。

「終点ですよ」

料金を払いバスを降りると、先に降りていた銀髪の夫婦がそこに立っていた。スポークスマンはいつでも奥さんなのか、彼女がまた口を開いた。

「あなた、この辺りの人ではないようね。もう暗いけど、どなたかバス停まで来てくださるの？」

私のボストンバッグを見つつ言った。心持ち私の右耳に向かって話しているが、不必要に声を大きくしてはいなかった。低いがハキハキとした気持ちの良い話し方をする人だった。

「迎えはありません」

私がそう答えると、彼女は旦那さんの方を見た。二人は無言で頷き合った。そして、「送っていくわ」と言った。私はびっくりして、ボストンバッグを持っていない方の手を顔の先で左右に振った。すると、やはり奥さんが言った。

「大学のキャンパスに行くにはこのバス停が一番近いのだけど、商店街があるのは一つ手前のバス停なの。終点まで来るとほとんど大学の敷地で、夜だと人もあまり通らないし、公衆電話もないのよ」

辺りを見渡すと、電灯こそあるが、商店街をすっかり抜けてしまったようで、確かに、店はおろか人家もなかった。歩道の右手はずっと背の高い塀だった。道路を挟んで反対側の歩道には垣根が続いている。

「住所を書いたものがある?」

奥さんが言った。私は、ボストンバッグを足元に置き、肩から斜めにかけていた布バッグの中からメモを出し、渡した。

「あら、素敵なバッグね」

メモを受け取りながら、奥さんが言った。それは、父が旅先から送ってきたものだ。その時に父はインドのラダックというところにいた。同封されていた絵葉書は、雪山に囲まれた静かな街の写真だったが、その風景とは異なり、布バッグにはカラフルな刺繍が施されている。私が「インドのお土産です」と言うと、奥さんはバッグに顔を近づけ、しげしげと眺めた。すると、旦那さんが奥さんの手からメモを取り、言った。

「ああ、あの辺りじゃないか。噴水のある公園の辺り」

旦那さんが奥さんにメモを見せると、彼女は同意するように二度頷いた。旦那さんは私の足元からボストンバッグを取り、歩き始めた。私は奥さんに促され、彼女と並んで旦那さんの後ろをついていった。

「この辺りはずっと大学の敷地。メインのキャンパスは塀の中にあって、あっちの垣根の奥はスタジオなんかが建っているの」

奥さんが説明してくれた。大学の敷地というのは随分と広いようだ。

「あの、見ず知らずの方にご親切にして頂き、ありがとうございます」

私はようやく、礼を言うことが出来た。

「気にしないで。私たちも同じ方向だから」

奥さんが言った。二人に押される形で歩き始めてしまったが、日が落ちた後に自力で映実の寮を探すのは難しかったかもしれない。考えてみれば、いつ帰ってくるかも分からない父にはメモを残し、古本屋の店主にしばらく店を休むことを伝えたけれど、映実にも郁子先生にも連絡を入れていなかった。この夫婦に会えたのは幸運だった。そういえば祖母にも何も言っていない。明日、連絡をしよう。

「こちらに親戚の方でもおられるの？」

奥さんが会話を続けた。私は、妹が芸術大学で音楽を勉強していること、彼女を訪ねてきたことを話した。大学の敷地がまだ続いていた。

「あら、それは素敵。そうしたら、今度、妹さんと一緒にうちへ遊びにいらっしゃい」

奥さんが低い声を心持ち高くして言った。無言で前を歩いていた旦那さんが振り向き、同意するように二度頷いた。それを合図にしたように、奥さんが簡単に自己紹介をしてくれた。二人は音楽家だった。ピアノやギターはもちろんのこと、アフリカやハワイの打楽器までなんでも弾くのだという。時々、音楽仲間を呼んで自宅で演奏会をする。「近いうちにまた集まるだろうから、その時には是非、遊びにいらっしゃい」と、奥さんは念を押した。私は礼を言い、妹に聞いてみると答えた。

「妹さんは何のご専門？」

奥さんが聞いた。ピアノを専攻していると答えると、家にはピアノもあるから、演奏に参加して貰えるわねと旦那さんに声をかけた。旦那さんは前を向いたまま、また二度頷いた。どうやら、旦那さんが意見を言うことはあまりないようだ。けれど、先ほど奥さんがつい私の布バッグに夢中になった時の様子などから、きっと、仲がとても良いのだろうと思った。奥さんが旦那さんの方に顎を少し向けて言った。

「主人はね、弦楽器を修理する職人なの」

やはり夫婦だったのだと私は思った。それから、奥さんが続けてこう言った。

「私はピアノの調律師。時々、大学のピアノも調律しに行くから、もしかしたら、妹さんとすれ違っているかもしれないわね」

私は思わず立ち止まった。同時に「もっと高く！」と言う坊っちゃんの声が聞こえたような気がした。いや、違う。映実の声だったかもしれない。ちょうど、その時、旦那さんが言った。

「この建物だと思うが」

二人は表札を確認していて、私が急に立ち止まったことには気がついていなかった。奥さんが私の方へ振り返り、「もう一度、メモを見せてくれる？」と言った。私は慌てて奥さんに近寄り、手に持っていたメモを差し出した。いつの間にか大学の敷地を抜け、辺りにはぽつぽつと人家が見えた。目の前には木造二階建ての四角い建物が建っていた。昭和初期を思わせるような洋風の建物だ。玄関のドアは観音開きで木枠の磨りガラスがはめ込まれている。ガラスの奥がぽわんと光っており、中に明かりがついているのが分かった。

「ああ、やっぱりそうだ。妹さんを訪ねに来たと聞いた時に、ここかな？　と私も思ったわ」

と、奥さんが旦那さんに言った。

「女の子ばかりを住まわせている寮みたいなところでね、大家さんに了解を取らないと中に入れないと思うわ。呼んでみましょうね」

と今度は私に向かって言い、奥さんはその瞬間、既に呼び鈴を押していた。私はなぜか、緊張した。郁子先生が来ているかもしれないとふと思ったのだ。勝手に訪問したことに気を悪くするかもしれない。私がそのようなことを考えていると、ドアが内側から開いた。ドア越しに顔を出したのは、若い女性だった。割烹着《かっぽうぎ》に三角巾《さんかくきん》をして、手にはしゃもじを持っている。しゃもじに柔らかそうなご飯粒がついていた。

「はい、何か」

と言った後で、銀髪の二人の後ろにいる私に気がつき、「あれ？　映実ちゃん、もう帰ったの？」と言った。旦那さんと奥さんが同時に振り向いて私を見た。女性がしゃもじを持った手でドアを大きく開け、「どうぞ、どうぞ、中へ入って」と、言った。

「あれ？　映実ちゃんじゃないね」

明るい室内に入った私を見て、しゃもじの人が言った。私は我に返り、「姉の鳴海です」と言った。

「あなた、双子なの？」

と、奥さんが聞いた。私はそうですと言った。私を見ていた全員が納得したように頷いた。しゃもじの人は（しゃもじを手にしていることからして、そうなのだろうが）晩ご飯を用意している最中なのか、右手の奥から、ほんのりと煮物の匂いが漂ってきていた。そういえば、昼に駅弁を食べたきりだ。お腹が空いたなと思った。列車内で貰ったせんべいのことをふと思い出した。旦那さんがボストンバッグを玄関先に置いた。奥さんがしゃもじの人に向かって私に同行した事情を簡単に説明し始めた。

私はその間、室内を眺めた。ドアの内側は、吹き抜けのホールになっていた。正面にソファーとコーヒーテーブルが置いてあり、テーブルの上に雑誌が何冊か揃えてある。ソファーはクリーム色に近い薄い黄色の布張りでシンプルな木のアームと脚がついている。細長いテーブルを挟んで、三人がけの長いのと一人がけのが二脚。七十年代風で、かなり使い込まれた感じがある。けれど、手入れが行き届いているようで布にはシミ一つなく、木の部分もつやつやとしている。左手には螺旋《らせん》階段があり、二階に続いていた。二階はホールをコの字に囲むように手すりがあり、前方と左右に一つずつドアが見える。螺旋階段の下は空間を利用した下駄箱で、女性物の靴が何足か入っていた。下駄箱の前に簀の子が敷かれ、スリッパが並んでいた。その中にマジックでEKと書かれたのがある。映実の物に違いない。外出ということか。スリッパは履き込まれて少しよれていた。ここには私の知らない映実の生活があるのだと思った。

「それでは、私たちは失礼します」

奥さんの声で我に返った。私は「ご親切にありがとうございました」と言った。奥さんはナップザックから財布を取り出し、中から名刺を出した。そして、しゃもじの人と私に一枚ずつくれた。調律師であることと名前と電話番号が書かれただけの簡単な名刺だった。名前は漢字三文字で、日本のものとは違うようだった。

「私たちはソンといいます。孫と書いてソンと読みます。何かあれば、いつでも連絡してください」

そう言って、孫さんたちは帰っていった。玄関を出る時にもう一度振り返り「少しはゆっくりされるの？　演奏会の日程が決まったら連絡するから、エミさんと是非、いらっしゃい」と言った。

孫さんたちが帰ってしまうと、しゃもじの人が言った。

「とりあえず上がって。晩ご飯がすぐに出来るから、食べながらゆっくり話しましょう。トイレと手洗い場は階段の先」

そして、イニシャルが書かれていないスリッパを私の足元に揃え、煮物の匂いのする方へ走っていった。

玄関ホールや手洗い場などとは異なり、台所や食事をする場所は、やや広いという以外は普通の家と同じだった。ガスコンロは二口サイズで真ん中に魚焼きグリルのついたものだし、シンクも一つしかない。コンロの上に深めの片手鍋が湯気を立て、その前で、しゃもじの人が今度はお玉を持って、味噌汁をよそっているところだった。台所と食事の場所を区切るようにカウンターがあり、醤油差しや箸立てが置いてある。私は、箸立ての中のどれかが映実の使っている箸なのだろうと思った。箸立ての横に晩ご飯だと思われるおかずが並んでいた。大ぶりの皿に大根や人参や蓮根がゴロゴロと湯気を立てている。煮魚と金平ごぼう、茄子のお新香まであった。味噌汁とご飯を載せたお盆を持ったしゃもじの人が振り向き、ぼんやりと立っている私に言った。

「平日の晩ご飯の時間はまちまちだから、先に二人で食べましょう」

カウンターのすぐ横に四人がゆったりと座れるダイニングテーブルがあった。居間も兼ねているのか、テーブルの後ろには横長の年代物のサイドボードが置かれ、ガラス戸の奥にこけしやウィスキーの瓶が飾られているのが見える。ボードの上には白いレースで編んだ敷物が敷かれ、小型のテレビが鎮座していた。テレビの横には陶器の皿に盛られたバナナと、お盆に湯のみと急須が用意されている。象印のポットも置いてあり、寮生がいつでもお茶を飲めるようにしてあるようだ。五個ある湯呑みが急須とセットの同じ柄なのに少しほっとした。ホールに続いている廊下の奥は裏庭で、小さな菜園で野菜を育てているようだ。縁側に置かれた蚊遣り豚から蚊取り線香の煙が出ていた。

「座って、座って」

そう言いながら、しゃもじの人はカウンターの上のおかずをテーブルに運んだ。私は、促されて、サイドボードに近い席に座った。目の前に、きれいな器に盛りつけられたおかずが並んでいく。割り箸が所在無げだった。

「陶芸をやっている子がいてね。ほとんどの器はその子が作ったものよ」

そう言いながら、しゃもじの人が私に向き合って座った。割烹着と三角巾を脱いだ彼女は、何とも言えない容貌の人だった。真っ黒な髪をミーのように玉ねぎ頭にし、ブラウスとスカートはそれぞれに違う色系統の派手な花模様だった。痩せて背が高い。切れ長の目の端正な顔つきをしているが化粧は全くしておらず、手には指輪もマニキュアもしていなかった。肌は白くきれいだが、手だけが少し荒れて赤くなっていた。その手が箸を持ち、煮物を食べ始める。私は金平ごぼうの盛りつけられた小さな皿を手に取った。赤と朱の間のような色味で、皿の底に黒で微かな模様がつけてある。煮込まれたごぼうの茶と人参のオレンジが映える。私は、「いただきます」と言って、金平ごぼうを口に運んだ。唐辛子が入っているのか少しピリッとし、ごぼうと人参は甘く香ばしい。

「おいしいです！」

私はつい、大きな声を出した。しゃもじの人が「良かった、ありがとう」と言った。私は煮物、煮魚と次々に口に運んだ。どれも絶妙なおいしさだった。白いご飯もふっくらと炊きあがっている。お新香のつかり具合も完璧だ。

「あの、今日は突然お伺いしてしまい、すみませんでした。こちらでお世話になっている河野《こうの》映実の姉の鳴海と申します。妹がいつもお世話になっております。映実は今日は遅くなるのでしょうか？」

人心地ついて、私は改めて挨拶をした。しゃもじの人は、お箸を箸置きに置き、荒れた手を膝に下げて言った。

「いえいえ、こちらこそ、映実さんに入居頂いて助かっています。早川美和子と申します」

美和子さんはそう言って頭を下げた。そしてすぐに箸を持ち、再び食べ始めた。私の質問には答えずに、大根にうまく味がしみているかとか、金平ごぼうは唐辛子が効き過ぎていないかとか、そんなことばかりを言った。食べ終わると、サイドボードの上の湯呑みにお茶を入れてくれた。そして、寮について話し始めた。

この女子寮は美和子さんのお祖父さまが始めたものだそうだ。建物も古い上に賄いつきというのも流行らなく、ご両親が還暦になったのをきっかけにマンションに建て直そうかという話が出たところで、美和子さんが後を引き継ぐことになった。郁子先生とは遠い親戚で（「ミイトコって分かる？　三従姉妹って書くの」と美和子さんは言った）、先生もかつてはここの寮生だったそうだ。

「子供の頃から寮生のお姉さんたちに遊んで貰っていたから、潰してしまうのはもったいなくて。私はもともと料理人になりたかったから、賄いを作るのは楽しいしね」

美和子さんは祖父母やご両親がやっていた頃の家庭的な感じを残したく、賄いつきを頑固に続けている。だから、寮生になってくれる人にはものすごく感謝していると言い、また頭を下げた。私が完食した煮魚の皿を持ち上げて見せると、美和子さんは嬉しそうに笑った。

「そこに座っていると、まるで映実ちゃんね。本当にそっくり」

美和子さんが言った。

「映実ちゃんね、今年は帰省しないで旅をすると言って、出ていったのよ」

私はびっくりして咽せた。美和子さんは台所に行き、布巾とコップに水を入れて持ってきてくれた。

「心配はいらないと思う」

と、美和子さんは続けた。そして、「この器を焼いた子」と言って、自分の分の金平ごぼうが盛りつけてあった皿を手に取った。私のと同じくらいの大きさで、けれど、色合いは翡翠のような透明感のある薄い若草色だった。

「彼女と話してみたらいいと思う。彼女も芸術大学の学生で、映実ちゃんと仲良くしているから」

美和子さんがそう言った時に、玄関のドアがバタンと閉まる音がした。「ああ、噂をすれば何とやらだ。紹介するね」美和子さんが言った。

「ただいま！」と言いながら顔を出したのは、美和子さんとは対照的に、とても地味な感じの小柄な女の子だった。茶色い縁の眼鏡を掛けている。髪は無造作に束ねられ、前髪は眉毛の上でまっすぐに切り揃えられている。白い綿のブラウスに薄い水色のサッカー生地の膝下のスカート。スリッパを履いた足は裸足だった。彼女はダイニングテーブルに座った私を見て言った。

「あ、本当だ」

「何が本当なの？」

と、美和子さんが聞いた。

「映実が旅に出る前に言っていたの。双子の姉が訪ねてくると思うから、部屋を自由に使って貰って構わないって」

「さすが双子、話が早い」

美和子さんはそう言うと、「ご飯すぐ食べるよね？」と、じっと私を見ている地味な風貌の女の子に聞き、台所に入っていった。

「鳴海さんですよね？　私はサキと言います」

そう言って、サキは私の隣に座った。それから、腰を浮かせて美和子さんと私のお皿を見渡し、「今日は煮物か」とつぶやいた。テーブルの上についた手は小さく、短く切り揃えられた爪が（陶芸に使用する釉薬《ゆうやく》のためか）ボロボロになっていた。

目覚めた時、自分がどこにいるのかしばらく分からなかった。いつもとは少し違う角度でカーテンの隙間から朝日が降り注いでいた。天井にも見覚えがない。そして、唐突に思い出した。昨夜、映実の住む女子寮を訪ねたのだった。私はベッドの上に上半身を起こし、昨日は眺める余裕のなかった部屋の中を見渡した。六畳一間の部屋には、畳の上に無理矢理置かれたベッド以外には、小さな勉強机と本棚があるきりだった。サイズや間取りは違うが、借家で映実と私が一緒に使っていた部屋とどことなく、その家具の少なさみたいなところが似ていた。私は起き上がってベッドを下り、カーテンを開けた。昨日、バスがずっと追っていた山がそこにあった。それから、勉強机の椅子に座った。机の上には陶製のマグカップが置いてあるきりで（色合いからしてサキが作ったものだろう）、何本かの鉛筆と定規やマーカーなどが立ててあった。鉛筆はＨＢに混じって硬度のやわらかいものもあった。Ｂと２Ｂと４Ｂが一本ずつ。それぞれに長さが異なり、どれもペン先が少し丸くなっていた。今度は、本棚の前に座り本の背表紙を眺めた。大方は音楽関係の本や楽譜だが、一番下の段に箱が入っていた。ちょうど映実の宝物箱と同じくらいの大きさの、厚紙で作られた和菓子か何かの空き箱だ。私は箱を手に取った。そして、箱の下に何冊かの大判の本が平積みにしてあるのに気がついた。それは薄くはあるがどれも写真集や画集だった。一番上の写真集の表紙には見覚えがあった。広大な土地に巨大な雪だるまのような物がいくつか並んでいる。遠くに雪山が見え、山の手前に細く背の高い樹木がまとまって立っている。空は何物にも遮られずに伸び伸びと広がっている。その真っ青な空から真っ白な光が不恰好な雪だるまの上に注がれている。それは、お土産の布バッグ（孫さんの奥さんが興味を示したバッグだ）と一緒に父が旅先から送ってきた絵葉書の街の様子に似ていた。絵葉書にも、大きな青い空と少し溶けて汚れかけた雪だるまみたいな物が写っていた。葉書に書いてあった説明を思い出す（父はいつでも訳文を書き添えてくれていた）。それは、インドのチベットの人が多く住む街の風景で、雪だるまの正体はチョルなんとかいう仏塔のはずだ。仏塔の中にはお釈迦さまの遺灰が保管されている。私は、写真集のページをめくった。インド北西部、ラダック地方のシェイという村だとあった。やっぱりそうだ。父は旅先から、絵葉書だけでなく、時には土産物も送ってきた。今回の映実訪問に持ってきたバッグの他には、Tシャツやキーホルダーなど。私には所謂お土産っぽい物を送ってくれたが、映実には写真集や画集を送っていたようだ。私は写真集を本棚に戻し、和菓子の空き箱を（今度は迷わず）開けた。中には何枚かクラッシック演奏会のチラシが入っていた。チラシをのけると、その下には、思った通りに、マルマンのB5サイズのスケッチブックが入っていた。私は一枚一枚、ページをめくった。どれも、借家に残されていた宝物箱に入っていたのと同じタッチで描かれた絵だった。はみ出さんばかりに紙いっぱいいっぱいに余白なく大きく描かれた絵だ。どこかの街角の子供、広い草原や大きな空、あるいは不必要に高いビル、その間の狭い空。どの絵も、父が見た、どこかの国の風景のように思えた。そして、スケッチブックの最後のページに、私は七枚目の絵を見つけた。そこには、補聴器をつけた巨大な私の右耳と映実の太い十本の指が描かれていた。

誰かがドアをノックした。

「鳴海さん、起きている？もし良かったら、朝ご飯を一緒に食べましょう」

美和子さんだった。私は、すぐに行きますと返事をし、スケッチブックを箱にしまった。

朝ご飯の席にはサキもいた。今日は何か予定があるのかと聞く。特にないと言うと、それだったら、大学構内を案内すると言ってくれた。私はそうして貰うことにした。出掛ける前に寮の電話を借り、祖母に映実のところに遊びに来ていると連絡を入れた。映実が何も言わずに旅に出てしまったことは言わないでおいた。映実が帰省する代わりに、自分がこの界隈を案内して貰おうと思うと言った。私が補聴器をつけた右耳をぴったりと受話器に押し当てているように、祖母もまた右耳を受話器に当てているのだろうと思った。祖母は何も聞かず、楽しんでおいでとだけ言った。

サキはまず、彼女が所属している工芸科に連れていってくれた。昨日、孫さんが言っていたメインのキャンパスがある塀の内側だった。初めて足を踏み入れた大学のキャンパスというものは、中学や高校のそれとは随分と雰囲気が違っていた。当然、学制服を着ている人などはおらず、私と同年代の人達が思い思いの服装で歩いていた。美和子さんに負けないユニークなコーディネートの人も数多くいた。あちこちに背の高い樹木が植えられ、木陰にベンチがあり、噴水があり、まるで公園のようだ。私は、幼いじいちゃんや祖母がそうしたであろうようにキョロキョロしながらサキの横を歩いた。

校内の様子も違っていた。まず、下駄箱というものはなく、土足のまま入っても良かった。あちこちに自動販売機があり、缶ジュースやお茶を買えるようになっていた。建物の真ん中には大きな螺旋階段があり、学生達が行き来していた。螺旋の中央に何かロープのようなものがぶらぶらと揺れている。近寄って手摺りから覗くと、それは蜘蛛の糸だった。天井に大きな蜘蛛がおり、それが長い糸を垂らしているのだ。

「何年か前の卒業生の作品よ」

と、サキが言った。

「学園祭の時、最上階で絵画展をしていた学生が、人集めのために窓に大きな蜘蛛を貼りつけて、そこからロープを垂らしたの。そうすると、『何だろう？』と思って人は上を見上げるものらしく、絵画展は盛況だったということよ」

蜘蛛とその糸は、窓の外では雨風に晒されてしまうので、螺旋階段に移された。構内には卒業生の作品がたくさん展示されているそうだ。

「ほら、ここも見て」

サキに袖を引っ張られて階段の前に立つと、そこでは髪のない人が耳を覆っていた。踏み板の間の蹴込み板部分に描かれた作品だった。十数段分の階段の側面に大きくムンクの《叫び》が模写されていた。階段が螺旋であることと、その奥行きで、《叫び》には妙な臨場感があった。私が《叫び》に見入っていると、サキがその階段を上っていった。髪のない人の顔の部分に差し掛かった時、足首を掴まれるのではないかと不安になったが、その人は両手で両耳を覆い続けていた。私は顔の部分を避けて階段の端を駆け上がり、サキの後を追った。

サキがちょうど、ドアを開けているところだった。薄く開いた隙間から内部が見えた。

どうやら、講義室らしいが、まるで小型のコロシアムのようだった。学生は教壇から傾斜をつけて扇型に広がった高い位置から講義を聴けるようになっている。マイクを片手に話す講師の姿が遠くに見えた。講師の声はその姿の小ささとは裏腹に、鮮明に聞こえた。最後部の学生にもよく聞こえるように、スピーカーがあちこちに装備されているのだろう。これなら、私でも聴き逃すことはないと思った。しかし、こんなに設備の行き届いた教室なのに、学生はまばらにしか座っていない。贅沢なことだと思った。私の気持ちを見透かしたようにサキが言った。

「前期の試験はだいたい終わっていて、授業はほとんどやってないのよ。これは、ゼミなんじゃないかと思う」

そう言いながらサキはドアを閉め、廊下をどんどんと進んでいった。サキが次に開けたドアの内部は、工房みたいに見えた。優に二十畳はありそうなスペースにいろいろな道具が用意されている。壁際には轆轤《ろくろ》が数台並んでいた。その奥には、ポリバケツが重ねていくつも置かれている。部屋の中央には細長いテーブルがあり、素焼きした壺や平たい大皿や花瓶が乾かされていた。轆轤と反対側の壁際には、大型冷蔵庫くらいの大きさの窯《かま》が鎮座していた。その隣には棚がしつらえられ、いろいろな段階のだと思われる作品が並べられていた。部屋の中には誰もいなかった。なぜか、空気がひんやりとしていた。サキが窓を開けると、もわんとした空気が流れ込んでくる。

「ここが工芸科の工房。素焼きの状態を見るけど、すぐ終わるから、適当にしていて」

と言うと、サキは中央の細長いテーブルに腰掛け、作品を一つ一つ丁寧に確認し始めた。私は轆轤に残った固まった粘土を指で撫でたり、ポリバケツの中に残った灰色の水を触ってみたりした。窓の外を少し眺め、テーブルの周りを回るようにして部屋を移動した。窯は近くに寄ると存在感があった。表面はレンガみたいにざらざらしている。窯の入口が開いていたので、そうっと覗いてみると、吸い込まれそうな深い闇があった。私は慌てて入口を閉めた。サキを見ると、私に背を向けて作業を続けていた。私はフーッと息をしてから、棚の作品群に目を移した。すぐに、不思議な形をしたものがあるのが目についた。高さは十センチくらい。洋酒を寝かせる樽のように中央部が膨らんだ形をしている。色は赤紫蘇のような深い紫色で、表面に一センチ四方の碁盤の升目が引かれている。そのような小さな樽が十五個あった。きれいな明るい色合いの壺や皿の中で、それらは独特の雰囲気を出していた。

「手榴弾《しゅりゅうだん》よ」

気がつくと、横にサキが立っていた。サキは、樽の一つを手に取り、私に手渡した。小さいがずっしりと重い。上部に直径一センチくらいの穴があり、中は空洞になっているようだ。この穴から火薬を入れるのだろうか。

「どうして、手榴弾を作っているの？」

と、私は素直に聞いてみた。

「卒業制作にしようと思って」

私は黙って、話の続きを待った。

「父から聞いた話。祖父は戦争中に、陶器製の手榴弾を山ほど作らされたそう」

サキの父方の祖父は、陶芸家だった。戦争中、金属が不足したことから、全国の窯元に陶器製の手榴弾を作るようにと軍から要請があった。焼き上げる温度次第では、鉄にも劣らない硬い陶器を作ることが可能だったのだ。しかし、要請があってからまもなくして戦争は終わった。どこの窯元でも、進駐軍に発見されるのを恐れて手元に残っていた手榴弾を捨てた。サキの祖父は、庭に大きな穴を掘り、そこへ埋めた。

「私は祖父が作った手榴弾を美しいと思った」

サキは私から手榴弾を受け取ると、元の位置に戻した。そして、指先で微調整をするように向きを整える。まるで兵隊が整列しているように、一寸の狂いもなく十五個の手榴弾が並んだ。

四十年の歳月が流れ、サキが高校生の頃、家の立て直しをするために庭を掘り起こす作業があった。その時の祖父の様子が忘れられないとサキは言った。いつも穏やかで大きな声など出したことのない祖父が、気が狂ったように作業を止めに入った。サキの父が説得し、結局、庭は掘り起こされた。百近い手榴弾が発掘された。

「私は祖父が作った手榴弾を美しいと思った」

と、サキがまた言った。ほとんどの窯元が、金型を作り、型を取って繋ぎ合わせたが、サキの祖父は全て、轆轤を回して作った。

「作るものが何であれ、陶芸家として、祖父は一つ一つ、丁寧に作ったのだということが感じられた」

発掘された手榴弾は、サキの父により、いくつかの歴史民俗資料館や靖国神社へ寄贈された。

「庭を掘り起こす作業を止めながら、『進駐軍が来るぞ』と祖父は言った。戦後、四十年がたってそんなものが来るわけもないのに。父が手榴弾を寄贈したのには、歴史を後世に残すという意味の他に、それを白昼に晒しても進駐軍は来ないことを祖父に理解して貰うためもあったと思う」

サキはそう言って、手榴弾の向きをまた整えた。

「手榴弾の底には作成した窯元が分かるように番号が刻まれていてね。陶器製の手榴弾はほとんど使われずに終戦になったのだけれど、ある大学の研究で、沖縄で使われた形跡があると分かった。その中に祖父の番号はなかった」

その時、サキの手の短く切り揃えられたボロボロの爪の辺りを淡い淡いレモン色の光が静かに湧いてきた。祖母から預かった楽譜を手にした時に見たのと同じ光だった。光はサキのボロボロの爪の周りをふらふらと彷徨った。

「父は良かれと思って、その話を祖父にしたと思う。けれど、祖父は言った。作った以上、使われたのと同じだ」

光は、サキの指先の周りをまだ彷徨っていた。

「けれど私は、祖父が轆轤を回して作った手榴弾は、それはやはり芸術作品であって、武器になることを拒否したのではないかと思う。だから、使われなかったのだと思う。祖父は轆轤を回して一つ一つ丁寧に手榴弾を作ることで、軍に対してギリギリの抵抗をしたのかもしれない。私は祖父のその意地や無念さみたいなものを芸術に出来たらと思っている」

「お父さまも陶芸をされているの？」

私は聞いた。

「ううん、父は、老舗の和菓子屋の娘と結婚したので、そっちの家業を継いだ」

サキは急に、笑顔になって言った。

「和菓子屋はたぶん姉が継いでくれる。それで私は、祖父の無念を引き継ぐなんて、格好良いことを言っていられるわけ」

映実はサキに、ピアノではなく、本当は絵を描きたいことを打ち明けただろうか。私がぼんやりとそんなことを考えていると、サキが言った。

「音楽学部に行ってみる?」


音楽学部には、ほとんど学生がいなかった。静かな廊下をサキと並んで歩いた。サキはいくつかのドアを開けてみようとしたが、どれも鍵がかかっていた。

「楽器が置いてあるからかもね」

と言いつつ、それでもサキはドアノブを一つ一つ回した。蜘蛛が天井にいた玄関ホールや工芸科周辺と比べ、辺りは薄暗かった。設備が古い印象もあった。この大学はもともと音楽学校としてスタートしたから、学部が増えるにつれて増築がされる中で、音楽学部は古い校舎を使っているのかもしれない。その証拠に、他の学部には見られなかった史料の展示があった。音楽学校当時の校舎や着物姿の学生の写真なども飾られていた。私は、どこかに侍やじいちゃん、幼い祖母の姿がないかと探しながら、ゆっくりと展示物を見て歩いた。サキは何も言わずに歩調を緩めてつきあってくれた。やがて廊下が突き当たりになり、そこに最後のドアがあった。ドアには「音楽学部　大学史史料室」と書かれていた。サキは迷いなく、ドアノブを回した。鍵はかかっておらず、ドアが内側に開いた。サキは私の方を向き、大袈裟に驚いた顔をしてみせた。「すみません」とサキが声をかける。奥の方から五十代後半くらいの中年の女性が出てきた。

「工芸科の学生ですが、見学させて貰ってもいいですか？」

サキはそう言いながら、学生証を女性に見せた。女性は学生証を確かめるでもなく、「どうぞ」と言って、また奥に戻った。サキはいかにも興味があるような素振りで、室内を見学し始めた。私はサキの後ろから中に入り、後ろ手にドアをそっと閉めた。

あの新聞記事は、今でも毎晩、寝る前に読んでいる。読み終わると小さくたたみ、補聴器と一緒にお茶の水博士の缶に仕舞うのも同じだ。新聞はボロボロになり、インタビューを受けた講師の顔は判別不能、折り目のところは字が潰れている。それでも、私は毎晩、記事を読む。けれど、まさか、自分がこの場所を訪れることになろうとは思いもしなかった。

私はゆっくりと室内を眺めた。内部は狭く、雑多な感じだった。ドアを入ってすぐのところに小さな二人がけソファーとコーヒーテーブルがあり、それらを囲むように壁際にびっしりとガラス扉のついた木製の本棚が並んでいた。足元や簡易テーブルの上などに、音楽関係の古書や楽譜が紐で縛られて積まれている。部屋はL字になっていて、左奥の方に事務机があるのが見える。先ほど対応してくれた女性の他に、別の女性がもう一人と、男性が一人、仕事をしていた。その男性は、半袖の白いシャツに（ネクタイはしておらず、首元のボタンを外している）チノパンツ姿だった。髪の毛はボサボサで前髪は下ろしている。はっきりとは分からないが、インタビューを受けた佐々木さん風の大学講師ではないようだった。私はなぜか、少しほっとした。

壁際の本棚を覗いて歩いた。手前の棚には、きちんと現代風に製本された立派な古書がたくさん並んでいた。年代別に整理されているようで、奥に行くに従い、墨で書かれた古文書が増えた。古いメトロノームなども飾ってある。

最後の本棚には手書きの楽譜が陳列されていた。私は、ガラスの扉越しに手をかざしてみた。すると、思った通りに、淡いレモン色の光が静かに湧いた。これらの楽譜は新聞記事で紹介されていたものなのだろうと思った。徴兵されて戦地へ赴き、そのまま行方の知れなくなった学生が書き残した楽譜。誰かの手を通して、ここまで辿り着いた楽譜。映実が弾くはずだった楽譜。私は毎晩、新聞記事を読んでは、映実が発掘された楽譜を弾くことになるだろうと思っていた。映実は、侍が書き残した世界へ入っていくのだと思っていた。書付から湧いてきた光、坊っちゃんの声。それらと映実は繋がっていくのだと思っていた。けれど、映実はどこかへ行ってしまった。

大学の建物の外へ出ると、太陽が頭上から強い光を放っていた。時計を見ると、昼を少し回ったところだった。なんだかんだと二時間以上を過ごしていた。サキが昼ご飯を食べようと言い、商店街まで歩いた。その道は、昨夜、バスの中から見たはずだが、夜と昼とでは印象が違った。夜には、塀の圧迫感ばかりが目立った通りを、小さな子供連れのお母さんや、杖を突いた老人が歩いている。塀に覆いかぶさるようにして大木が木陰を作り、心地良い散歩道になっているようだ。やがて、塀が途切れ、商店街に入った。

大学近くの商店街には、大型チェーン店のようなものは一つもなかった。八百屋、魚屋、肉屋（揚げたてのコロッケを売っている）、豆腐屋など個人経営の店ばかりだ。靴屋、帽子屋、文房具屋、釣具屋なども軒を連ねている。どの店もどことなく古ぼけていて、昔から人が住んできた街であることが分かる。けれど、よく見ると、さすがは芸術大学の近くで店をやっていることはあり、文房具屋などは画材も扱っていた。ショーウィンドウに蝶の標本が飾ってある店もあった。どこかに父がアルバイトをしていた写真館があるはずだと思っていると、サキが急に立ち止まった。

「ここ、安くて美味しいから」

その店は、中でもとりわけ年季が入っており、古いテレビドラマに出てきそうな雰囲気の食堂だった。大学食堂というベタな店名がついている。開けっ放しの入口の暖簾《のれん》をくぐると、店内はコの字型のカウンター席のみ。けれど、試験の残る学生しかいないためか、九つある席が二席埋まっているきりだった。奥にこじんまりした厨房があり、店主が揚げ物をしているのが見えた。この暑いのに揚げ物を食べるなんてすごいなと思っていると、サキが「唐揚げ定食！」と、大きな声で注文を入れた。店主が「唐揚げ定食！」と答える。私はさっぱりしたものが食べたいと思い、壁にずらりと掛かったお品書き札を眺めた。厨房の小ささに反して、メニューは豊富なようだ。定食類だけでなく八宝菜があるかと思えばナポリタンがあり、枝豆、ほうれん草のお浸し、揚げ出し豆腐まであった。混沌としたその中から、ざる蕎麦と書かれた札を見つけた。私は、「ざる蕎麦をお願いします」と言いながら席についた。

額の汗をハンカチで拭いながら店内を観察した。先客は二人とも男性で、それぞれコの字の端と端に遠く向かい合うようにして座っていた。一人は若い学生風（一年生だろうか。高校生みたいに見える）。黙々と丼物を食べていた。丼には、具が見えないほどに紅生姜が盛られていた。もう一人は少し年上に見えるがやはり学生風で、彼の前には水のコップしかない。耳からイヤフォンの線が出ていた。音楽を聴いているようで、頭を静かに振っている。そのゆらゆらと揺れる頭をぼんやりと見ていて、男性の背後の壁、お品書き札のすぐ下に貼られたチラシが目についた。それは、昨日、駅の構内で見かけたのと同じ、『セザンヌゴオホ画集』が展示されている展示会のものだった。ゴッホが描いた《ひまわり》のうちの一枚が載っている画集。全てが黄色の濃淡で描かれた《ひまわり》とはだいぶ違い、花瓶は黒に近い深い紺色の部屋に置かれ、ひまわりはどれも枯れかかったように見える。古ぼけた食堂のお品書き札に埋もれていても、紺色の深さは損なわれることがなかった。私がチラシに見入っていると、サキが言った。

「何を見ているの？」

私は、展示会のチラシのことを説明した。

「そういうのにやっぱり興味があるのね。映実が言っていたけど、鳴海さんは古文書を訳したりしているんでしょ？　さっきも、音楽学部の史料室で巻物みたいなのを熱心に眺めていたものね」

その時、ゆらゆらと頭を揺らす男性の前に唐揚げ定食が置かれた。

「ここの唐揚げ定食美味しいのよ。今度、鳴海さんも食べてみて」

と、サキが言った。


サキは同行すると言ってくれたが、私は一人で展示会へやって来た。映実の部屋で過ごすようになって数日がたっていた。その間、大学の周辺をぶらぶらして過ごした。父がアルバイトをしていた写真館を探しているうちに商店街を外れ、市営図書館やのんびりと座っていられるコーヒー店を見つけた。古本屋が二軒あった。私は図書館で調べ物をしたり、コーヒーを飲みながら持参した古典を読んだりして日々を過ごした。あちこち歩いたが、写真館は見当たらなかった。

大学周辺から外へ出るのは、この街にやって来た日以来だ。展示会場は、新幹線が発着する駅から在来線に乗って三十分くらいのところにあった（閑静な住宅街だとサキが教えてくれた）。駅前でバスを降りた時、このバス停で孫さん夫婦を見かけたことを思い出した。ほんの数日前のことだが、遠い昔のように思えた。

展示会場は普通の民家だった。普通の民家と言っても、豪邸と呼んでいいような大きくて立派な家だ。展示物はそれほど多くはないが、邸内のほとんどを解放し、居間や客室に一点ずつ絵が飾ってあった。広い邸内をのんびり歩き、気に入った絵があれば、ソファーに腰掛けて好きなだけ鑑賞していられた。各部屋に係員がいるわけでもなく、お盆には間があって来館者も少なく、私は自分のペースで絵を観て回った。

日当たりの良い明るい部屋に紺の《ひまわり》はあった。それはかつて、日本の実業家がヨーロッパにあったものを購入したが、戦時中に空襲に遭い、絵は家ごと焼けてしまったと説明書きがある。ということは、展示されているのはレプリカなのだろう。けれど、レプリカと言っても、どこか圧倒されるものがあった。横には、『セザンヌゴオホ画集』が《ひまわり》のページを開いて展示されていた。私には絵のことなど分からないが、目の前のレプリカには、本物とはまた別の魅力があるように感じた。

そこは、この家のかつての主人《あるじ》の書斎だった。六畳ほどの狭いスペースだが、板張りの床には毛足の長い絨毯が敷かれ、重厚な机と天井まで届く本棚が部屋に重みを与えていた。本棚にはびっしりと本が詰まっている。画集が何冊もあった。日本の画家のものもあれば、ヨーロッパの画家のものもあった。ゴッホもある。奇妙なのは、部屋の中央に高級そうな家具とは不釣り合いな粗末な木の椅子があったことだ。それは《ひまわり》の方に向いて座るように置いてある。私は試しに座ってみた。一見粗末に見えたその椅子は、座り心地がとても良かった。まるでクッションが敷いてあるかのように、木が柔らかく体を包んだ。私は椅子に座ったまま、しばらく紺の《ひまわり》を眺めた。

ふと、思いつき、邸内に入る時に貰った案内冊子をバッグから取り出した。この家の主人について書いたところを探し読んでみた。思った通りに、主人は椅子作りの職人だった。確かに、本棚にはどこかの国の椅子の写真集が何冊もあった。木の椅子は、たぶん、主人が作ったものなのだろう。私は椅子から立ち上がり、床にかがんで背や脚をあちこち眺めた。よく見ると、釘の一本も使わず、木を組み合わせただけで作られていた。木はほどよく日焼けし、美しい飴色になっていた。私はもう一度、その椅子に座り、冊子の続きを読んだ。代が替わるごとに事業はどんどん大きくなり、今では大手家具メーカーになっているとある。そして、こうも書いてあった。この家に展示されている絵は全て、主人が描いたものであると。私は冊子をバッグに仕舞い、主人が描いた《ひまわり》に集中した。

気がつけば、書斎は分厚い静けさに覆われていこうとしていた。《ひまわり》の紺と静けさが徐々に混ざりあい、そこは暗く深い海の底になった。私はただ一人、海の底にいて、《ひまわり》を眺めていた。花瓶の中のひまわりの僅かな黄色が辺りを照らしていた。やがて、ひまわりは一本一本、萎えていった。最後に残った一本も、自分自身の重さに耐えかねたかのようにその頭をぽとりと落とした。そうすると、辺りには一点の光もなくなった。目の前に両手をかざしてみたが、そこにあるのは完璧な闇だった。それは私に上下や左右の感覚を失わせた。どこかに吸い込まれそうになり、椅子に捕まろうとしたが、そこに椅子はなかった。私はぐるぐると回りながら、どこかに落ちていった。

私と同じくらいの若い女の子が絵を描いていた。長いまっすぐな髪を下ろしたきれいな女の子だ。祖母の家の離れの大きなダイニングテーブルに座り、絵を描いている。彼女の目の前には紫陽花が花瓶に生けてある。紫陽花は夏の青空のような澄み切った青だ。けれど、女の子の絵筆を持つ指先には、髪と同じように細くて長いきれいなその指先には、深海を思わせる紺色の絵の具がついていた。その紺には見覚えがあった。私は、この女の子に会ったことがあるはずだ。どこだろう。しばらく考え、この街を訪れた日に乗ったバスだと思い当たる。バスには、孫さん夫婦と私と、腰まで伸びた黒髪の女の子が乗っていた。あの子の手の指先についていた紺だ。私がそう思った時、女の子が顔を上げた。黒髪や指先と同じ、キリッとした意思の強い目をした子だった。その切れ長の目が私をじっと見ていた。そしてふいに分かった。この子は映実だ。映実は全く違う女の子になったのだ。

そう思った時、私はまたぐるぐると回り、どこかに落ちていった。どれくらい落ちただろうか。ほんの数分しか経っていないようにも思えたし、何時間も経ったようにも思えた。ひたすら落ちながら、これは心にあいた穴なのかもしれないと思った。バニシングツインが胎内で片方を失った時にあく穴。私は映実を失いかけているのかもしれない。

誰かに肩をそっと揺すられた。受付に座っていた女性が目の前に立っていた。そして、遠慮がちに「大丈夫ですか？」と言った。私は慌てて立ち上がり、「大丈夫です。何でもありません」と言った。

「それでしたら良かった。よほど、この絵がお好きなのですね。閉館までまだ三十分ほどありますから、どうぞ、ゆっくりされてください」と言い残し、彼女は部屋を出ていった。書斎の窓から、オレンジ色の夕日が差し込んでいた。


その夜、映実の部屋の本棚にある和菓子の空き箱から、もう一度、スケッチブックを取り出した。そして、最後のページを開いた。そこには、補聴器をつけた私の右耳と映実の太い十本の指が描かれている。私は、ボストンバッグの中から紙挟みを出し、中身を床に広げた。

祖母から預かった楽譜と父が送ってきた黄色い《ひまわり》の絵葉書、紺の《ひまわり》のチラシ。そして、映実の宝物箱に入っていた六枚の絵。アイスクリームを食べている私。窓の外を見ている私。縁側で猫を撫でている私。自転車に乗った私。本を読んでいる私。墓石の周りを歩く私。私はその横に七枚目の絵を置いた。私は床に広げたものをじっと見た。映実はしばらく帰ってこないだろうと思った。

その人と出会ったのは、よく晴れた暑い午後だった。美和子さんに頼まれてスーパーで買い物をした帰りに公園のそばを通りかかると、耳の奥の方が微かに振動するのを感じた。覗いてみると、噴水のわきになぜかピアノが置かれていて、男性が鍵盤の前にかがみこんでいる。公園には木陰のベンチに老人が一人座っているきりだった。私は公園の中に入った。噴水の、ピアノのあるところからは少し離れた、公園の入口に近い縁に座った。噴水は枯れていて、風もなく、座ると一気に汗が噴き出た。

男性はどうやら調律をしているようだった。ピアノは鍵盤の上の外装を取り外され、内部をあらわにしていた。家庭にあるような縦型のピアノで、弦が鍵盤と垂直にびっしりと並んでいるのが見えた。弦の上の方には丸いボタンがたくさん並んでおり、男性はハンマーのような形の道具をボタンに刺し、鍵盤を叩きながら微妙な角度で動かしていた。弦には鮮やかな赤のリボンが挟まれ、スカートのギャザーのように波打っていた。

何度見ても思うことだが、ピアノというものは体の内部を曝け出されても尚、優雅だ。

一方、男性の方は、どちらかと言えば、庶民的な雰囲気だった。膝までの紺色の綿の短パンに、着古してクタクタになった草色のTシャツ。頭には野球帽を被っていた。大柄で、身長は百八十以上ありそうだ。短パンやよれたTシャツから出た肌はよく日に焼けていて、適度に筋肉がついている。年は三十代半ばくらいか。いや、もう少し上か。何れにしても、その男性はおよそ調律師には見えなかった。私の知っている調律師とは全く似ていなかった。ただ、僅かではあるものの、その見た目とは相入れない几帳面な印象があり、その部分だけは、あるいはそれは私が勝手に持っている調律師のイメージによるものかもしれないが（そしてそれは佐々木さんによって、もたらされたものだが）男性を調律師らしく見せていた。

噴水はせいぜい直径十メートルほどの大きさだったが、男性は縁に座って調律の様子を見ている私の存在を気に留めている様子はなかった。鍵盤を叩きながらハンマーを回すという作業を熱心に繰り返していた。時折、Uの字になった銀色の音叉を耳に当て、じっと耳を澄ました。耳から磁石みたいな形の冷たい金属を出して首を傾ける姿は、宇宙と交信しているみたいだった。あるいは、本当に交信していたのかもしれない。しばらくすると、サーッと赤いリボンを外した。そして、これまでと同じ作業を繰り返した。リボンが外されると、ピアノは急に居心地悪く心細そうに見えた。調律が難しいのか、男性は何度も鍵盤を叩いた。ピアノは懸命に男性に応えようとしている。男性はピアノを励ましながら忍耐強く鍵盤を叩き続ける。それは、まるで、年老いた母親をいたわっているようにも見えた。ピアノはとても古いものなのかもしれない。私は古いピアノが好きだ。

やがて調律が終わったようで、男性は地面に並べられた外装を一つ一つ丁寧に元に戻した。ハンマーや音叉などの小道具をカバンに仕舞うと、それらの小道具の下に敷いていた黄色い布を裏返し、ピアノを磨いた。誰かのこわばった体をさするかのように、あちこちをやさしく磨いた。やがて、布もカバンにしまった。それから、噴水の底にわずかに残った水で手を洗い、綿のパンツで拭うと、噴水の縁を椅子代わりにしてピアノの前に腰掛けた。そして、ゆっくりと大きく息を吸うと演奏を始めた。それは、佐々木さんが持ち帰った楽譜の曲だった。私は補聴器を耳から外した。男性は背筋を伸ばし、体全体で耳を澄ましているかのように、ほんの少し顔を空に向けた姿勢で演奏を続けた。私はじっと聴いた。

公園の木々の夏の青の間から丸く光が出はじめた。木陰の老人が影絵になった。それは、私や祖母の出す光に似ていた。大きくなったり小さくなったりする光の粒だった。そして、決して並ぶことなく、上下左右に好き勝手に動き回る光だった。それはやがて、一つの大きな光になり、公園中をぐるぐると周り、木々の間を彷徨った。光は淡く悲しげで、木々の間から私を呼んだ。繰り返し、繰り返し、私を呼んだ。

男性は演奏を終えると鍵盤蓋を丁寧に下ろし、カバンを持って立ち上がった。そのまま、公園から出ていこうとして、噴水の縁に座っている私の横を通り過ぎたが、二、三歩行ってから立ち止まった。そして、振り返り、私に向かって何か言った。私は、こっそり聴いていたことを咎められたのだろうと思い、先ほど外した補聴器を耳につけてから言った。

「あの、勝手に聴いていてすみません」

男性は一瞬、不思議そうな顔をし、私をじっと見た。そして、困った顔で、「失礼した。人違いだったようだ。大学の生徒によく似ていたもので」と言った。私はびっくりしたが、この男性は映実を知っているのだと思い、ついこう言った。

「私、河野映実の姉です。私たち、双子なんです」

男性は「どうりでよく似ているはずだ」とほっとした様子で笑った。そして、私の横に腰を掛けた。私は何を話したらいいのか分からなくて黙っていると、男性が聞いた。

「君も大学で勉強をしているの？　音楽学部ではないよね？」

私は簡単に自己紹介をした。男性は「古文書」という言葉に反応した。

「古文書を読めるなんて珍しいね」

と、言いながら、カバンから名刺を取り出し、一枚を私にくれた。名刺には芸術大学のロゴが入っており、「日吉　知《さとる》　音楽学部　非常勤講師」と書いてあった。そして、その下には「大学史史料室顧問」と書いてあった。私はまじまじと名刺を見つめた。

「史料室にはね、音楽史に関する古い資料があって、古文書もたくさんある。もし、良かったら、今度、史料室に遊びに来て」

私は名刺を見ているふりをして、ちらっと目を上げて非常勤講師の顔を見た。そして、モンタージュ写真を作るように、野球帽を脱がせて髪型を七三分けにし、クタクタになった草色のTシャツを白いワイシャツとネクタイに換えた。はっきりとは断言できないが、日吉知は、新聞記事でインタビューされていた大学講師なのではないかと思った。生真面目な様子で写っている記事の写真は、私に佐々木さんを思い起こさせたものだ。先程、調律をしている姿には佐々木さんのイメージに重なる部分があった。私は、新聞記事のことや史料室に行ったことを伝えていいものかどうか分からず話題を変えた。

「大学では何を教えていらっしゃるのですか？」

日吉は、話題を変えられたことに気を悪くする風でもなく言った。

「音楽史」

「ああ、それで古文書を研究されるのですね」

「そう、それで史料室の顧問をやっている」

結局、話が元に戻ったので、私は思い切って言った。

「私、実は史料室に行きました。知り合いが構内を案内してくれて、その時に」

「なんだそうだったんだ」

と、日吉は嬉しそうに言った。

「興味を惹いた文献はあった？　あれば言って。是非、読んでみて欲しい」

私は再び、思い切って言った。

「古い楽譜がありましたね」

日吉はしばらく黙っていた。そして、座り直し、私の方に体を向けた。

「あれはね、学生が書いたものなんだ。徴兵されて戻ってこられずに卒業できないままの学生たちが書いたもの」

日吉は史料室の活動について話してくれた。その内容は、新聞記事に書いてあったこと同じだった。私は、日吉が記事の大学講師であると確信した。何年も毎日読み続けた記事の人が、今、目の前にいる。不思議な気持ちになった。日吉が続けた。

「大学主催のコンサートとなると規模が大きくなるから、なかなか大変でね。小ぶりの、地元のコミュニティーみたいなものでもいいから、楽譜が演奏される機会を増やしたいと思っているのだけれど。しかし、そうなると、演奏する人がいない。学生にはそういう暇はない」

私はふと、孫さん夫婦のことを思い出した。彼らは二人とも音楽家で、確か、時々、音楽仲間を呼んで自宅で演奏会をすると言っていた。それに、奥さんの方は大学にピアノを調律しに行くとも言っていた。日吉は孫さんを知っているのではないか。

「孫さんをご存知ありませんか？」

私は聞いてみた。

「孫さんって、調律師の？」

「ええ、そうです。やっぱりご存知でしたね。日吉さんも調律をされるようですから、もしかしたらと思ったんです」

日吉は、また不思議そうな顔をした。そして言った。

「どうして、僕が調律をするって分かったの？　さっきも、『聴いていてすみません』って言っていたよね？　聴いていたとはどういう意味なのかな？」

私は日吉以上に困惑し、噴水の端を振り返った。先ほどと同じ場所に確かにピアノはあった。けれど、その横にカラスみたいな真っ黒な背広姿の佐々木さんが立っていて、こちらを見ていた。ピアノも佐々木さんも薄く背景が透けていた。そして、私が見ているうちに、消えてなくなった。

日吉の方を見ると、彼はまだ私のことを見ていた。一瞬、先ほど消えた佐々木さんと姿が重なった。私は、日吉に全部話してみようかと思った。日吉を通して、佐々木さんが映実のことを教えてくれるような気がした。私は侍の書付に書いてあったことと、祖母の生い立ちを話した。佐々木さんが楽譜を持って帰ったことも。日吉はその間、公園の噴水の縁に腰掛けたまま、黙って話を聴いていた。

「つまり、君は先ほど、僕がその曲を弾くのを聴いていたってことなのかな？」

日吉にそう聞かれ、私は頷いた。噴水のわきに古そうなピアノがあって、それを日吉が調律していたと言うと、彼はまた押し黙ってしまった。けれど、驚いているとか、私を疑っているとか、そういう感じではなさそうだった。私は言った。

「映実が、妹が、その楽譜を演奏するのだろうと、ずっと思っていました」

けれど、映実は消えてしまった。

日吉は、噴水のわきにピアノがあったと言っても驚かなかったのに、映実が消えたと言うと、「え！」と声を上げて腰を浮かせた。私は慌てて言った。

「心配ないと思います。忽然と消えたわけではなくて、寮の人には、旅に出ると言い残していています。父のところへ行ったのだと思います」

私がそう言うと、日吉はほっとしたように「なんだ、そういうことか。びっくりした」と言った。「お父さんのところへ行ったのなら心配ないね」

父のところへ行った。それは、急に口をついて出てきた考えだった。けれど、口に出してみると、本当にそうなのだと思えた。映実は父のところへ行ったのだ。ピアノはもう弾かないと言いに行ったのだ。

日が傾きかけていた。木陰で休んでいた老人はいつの間にかいなくなっていた。日吉が立ち上がって言った。

「見せたいものがあるから、明日、大学へ来て欲しい」

翌日、大学へ行くと、校門の前で錆びかけた鍵の束を持った日吉さんが待っていた。連れていってくれたのは、大学の中で最も古い木造の校舎だった。日吉さんは手にしていた鍵束の中から慣れた手つきで一つを選び出すと、ドアを開けた。窓にかけられた白いカーテンを通して朝日が差し込んでいた。部屋の中に入ると、床が軋むのが足裏に伝わってくる。日吉さんがカーテンを開けると、白くペンキを塗られた木枠の窓ガラスから細長く切り取られた青空が少し歪んで見えた。窓辺に白い布をかけられた大きな物が置いてあった。日吉さんが布をのけるとグランドピアノが現れた。脚に美しい装飾が施されており、だいぶ古そうなことが分かる。けれど、全てがピカピカに磨き上げられていて、近くへ寄るとうっすらと自分の顔が映りそうなほどだ。

「お祖母さまのじいちゃんが調律をしたピアノだ」

日吉さんが言った。後に佐々木さんが調律し、今は、孫さんが手がけている。いずれは、自分が調律したいと日吉さんはつけ加えた。日吉さんがじいちゃんのことをじいちゃんと呼んだことに私は気がついていた。

「僕は古いピアノが好きでね。孫さんに指導頂いて、調律の技術を磨いている」

日吉さんは愛おしそうにピアノを撫でた。

「古いピアノには大らかなところがあって、演奏者それぞれのリズムを包み込んで音に乗せてくれる」

それから、鍵盤蓋を上げて言った。

「と、僕は思っている。ただ、そのためには、調律がしっかりなされていなければならない」

それは、じいちゃんが調律師になった理由ではなかったか。私がそう思った時、日吉さんが鍵盤を叩いた。レモン色の光の粒がぽわんと浮かんだ。日吉さんが続けて二回叩くと、ぽわんぽわんと、また光の粒が浮かんだ。黄色っぽくなった日吉さんが言った。

「昨日一晩考えてみたのだけれど、佐々木さんが持ち帰った楽譜は、君のお祖母さまに弾いて貰ったらどうだろう。このピアノで」

私は、日吉さんの突拍子もないとも言える提案に、反射的に言った。

「どうでしょう？　祖母は人前で何かしたことなどないし」

日吉さんは鍵盤蓋を静かに下ろしながら言った。

「急ぐ話ではない。ゆっくり考えてみて」

寮へ戻る前に、公園に寄った。昨日は枯れていた噴水が勢いよく水を噴き出していた。近づくと、飛沫がわずかにかかり気持ちが良い。私は、ピアノが置いてあった辺りの縁に座り、しばらく日吉さんの提案について考えてみた。離れの裏の小屋でピアノを弾いてみせてくれた祖母からは、日吉さんと同じように黄色い光が出ていた。日吉さんなら、あの黄色を感じ取れるだろうと思った。日吉さんなら、じいちゃんが祖母にピアノを勧めたみたいに、祖母のピアノのリズムを美しいと思ってくれるかもしれない。私は、日吉さんが昨日、ピアノを調律していた様子を思い返した。残像のように日吉さんが現れた。しばらくすると、日吉さんは徐々に佐々木さんへと姿を変えていった。それは子供の頃の借家の光景と重なり、私を懐かしい気持ちにさせた。その時、佐々木さんの姿の先にある店に目が止まった。私は噴水の縁から立ち上がり公園を出た。そこには写真館があった。父がアルバイトをしていた写真館に違いない。この辺りは何度も通っているはずなのに、なぜ今まで見つけられなかったのだろう。

写真館は、商店街の他の店と同じで、どことなく古ぼけた感じがあった。ショーウィンドウに飾られた七五三や成人式の写真は何年も前に写したもののようだ。その中でもとりわけ古そうな写真に私は目を疑った。父が撮った母のコンクール応募用の写真が飾ってあったのだ。髪を後ろで一本に束ね、白いワンピースを着た母がワンピースと同じくらいに白い歯を見せて笑っていた。祖母の家にある写真と同じだ。写真館の店主はまさか、この写真と同じものが仏壇に飾ってあるとは思ってもみないだろう。私はしばらく、母の笑顔を見ていた。見慣れた写真のはずだが、こうして見ていると不思議と見た人を和ませると思った。証明写真としては失敗なのだろうが、写真を撮って貰いに来る学生の気分を和ませるかもしれない。父はそういう写真を撮れる人なのだと思った。母を笑顔に出来る人なのだと。そして気がついた。佐々木さんは祖母に弾いて欲しくて、楽譜を置いていったのかもしれない。佐々木さんもまた祖母のピアノのリズムを美しいと思っていたのだろう。そして、ピアノを弾いている祖母の笑顔をもう一度見たかったのだろう。

私はその日、晩ご飯の後で、美和子さんとサキに、日吉さんからの提案を話した。公園で日吉さんに会ったことや、その時に彼に話したこと、侍の書付、祖母の生い立ち、佐々木さんが楽譜を持って帰ったことも話した。噴水の横で日吉さんが調律をしていたことの説明は難しく、どう話したものかと思った。それで、部屋からお茶の水博士の缶を持ってきて、新聞記事を見せた。記事を誰かに見せるのは初めてだった。私はカラカラになった喉をお茶で潤した。美和子さんとサキはテーブルの上のお皿やらをわきへどけ、顔を寄せて、折り目の字が潰れた記事を黙って読んでいた。やがて、美和子さんが言った。

「私がこの寮を続けているのは、爺ちゃんのためではない」

少し考えて、続けた。

「爺ちゃんだけはマンションに建て直すのに反対だったから、結果的に喜んでくれたけれど、でも、爺ちゃんのためではない」

そう言って、美和子さんは皆の湯呑みにお茶を注ぎ足してくれた。そして、自分も一口飲んでから続けた。

「だけど、爺ちゃんの人生の続きみたいな感じはする。爺ちゃんが寮をやっていた頃、私はまだ小さかったから、彼のやり方を引き継いだとか、そういうのとは違うけれど、その頃の感じが、爺ちゃんの感じが自分の中にある。そんな感覚がある」

美和子さんは湯呑みを両手で持ったまま、少し顔を上げ、そうとしか言いようがないというように頷いた。

「それ、私も同じかも」

サキが言った。

「祖父の陶芸家としての意地みたいなものが自分の中にある感じがする。手榴弾を美しく作りたいという強い衝動が湧いてくる。その理由は自分でも説明できない。だから、祖父のためでもあるけれど、自分のためでもある」

それから、大学の工房で私に言ったのと同じことを言った。

「和菓子屋を継ぐ姉は、割食ったと思っているかもしれないけれど」

それを聞いて、美和子さんが言った。

「サキちゃんの中にお祖父さまがあるように、お姉さんの中にはお父さまと同じ何かがあるのでしょう、きっと」

サキはそれには応えずに記事を丁寧に畳み、私に手渡した。史料室に行った時に、記事の話をしなかったことには触れなかった。

「まずは、お祖母さまに話してみたら？」

サキが言い、美和子さんも同意するように頷いた。その時、玄関のチャイムが鳴った。美和子さんが立っていった。

「映実もたぶん、誰かから引き継いだ何かを感じているのだろうね。その何かとはピアノを弾くことだと思っていたのかも。私の姉が和菓子屋を継ぐみたいに」

私は映実の七枚の絵を思い出していた。それは、父がファインダー越しに見ていたものだ。耳の聞こえない私とピアノを弾く映実。私が書付を読んでいる間、映実はずっとピアノを練習していた。母の墓の前で父の話を聴いた時、映実は意を決したように芸術大学の受験を宣言した。私は手の中の記事をもう一度広げ、七三分けの几帳面な様子をした日吉さんの顔写真を見た。その顔が判別不能になるほど、私は毎晩、この記事を読み返した。それは、私の中にも引き継がれた人生の続きがあるということなのかもしれない。そして、祖母にもまた引き継がれた人生の続きがあるのだ。侍の世界に入っていくのは映実ではなく私だったのかもしれない。楽譜を弾くことになるのは、映実ではなく祖母だったのかもしれない。バニシングツインの片方が消えていくみたいに、ピアノを弾くことで映実は消え続けていたのかもしれない。

サキが立ち上がってテーブルの上を片付け始めた。私も手伝おうと腰を浮かせた時に、美和子さんが戻ってきた。美和子さんの後ろに、郁子先生が立っていた。

私の姿を見つけると、郁子先生は動かなくなってしまった。サキが「郁子先生、こんばんは」と声をかけた。先生は、しょっちゅう、寮に映実を訪ねているから、サキとも顔見知りのようだった。私はなるべく普通を装って「郁子先生、ご無沙汰しています」と挨拶をした。美和子さんが「本当にそっくりよね。私は最初、映実ちゃんだと思っちゃった」と言った。それでも、郁子先生は何も言わずに廊下に立ったままだった。美和子さんは「郁子ちゃん、晩ご飯まだでしょ?」と言いながら、台所に入っていった。

サキが片付けかけていたお皿を持って席を立ち、「先生、どうぞ座って」と言った。美和子さんが出てきて、温め直した煮物に白いご飯、味噌汁をテーブルに置いた。「郁子ちゃん、冷めないうちに」と言いながら、また台所に入っていった。サキはその間に、残りのお皿やらお椀やらをテキパキと片付けた。「美和子さんがデザートにスイカ切ってくれている」と誰に言うでもなく言いながら、また席についた。そして、湯気の立つ煮物を見ながら言った。

「この家、いつでも余分に食べ物があるよね」

そういえば、私が映実を訪ねに来た日も、突然やって来た私に晩ご飯を勧めてくれた。「爺ちゃんのためではない」と美和子さんが言ったのは、こういうことなのかとぼんやり思った。そこへ、切り分けたスイカを大皿に載せて、美和子さんが出てきた。まだ廊下に立っている郁子先生に「郁子ちゃん、ほら、冷めないうちに。郁子ちゃんの分もスイカあるから」と、もう一度声をかける。先生はようやく、「そうだね、ありがとう」と言って、席についた。私たちがスイカを食べ始めると、先生も味噌汁に手をつけた。

「おいしい」

先生がそう言うと、「スイカ甘いよ」と美和子さんは言った。

郁子先生はその後、一言も喋らずに黙ってご飯を食べた。けれど、残さずきれいに食べた。美和子さんに勧められるとスイカも一切れ食べた。食べ終わると、

「とてもおいしかった。ごちそうさま」

と言い、美和子さんが入れ直してくれたお茶を飲んだ。湯呑みをテーブルに置いて、郁子先生が言った。

「映実ちゃんから絵葉書が届いた。ピアノを続けるかどうか考えさせて欲しいと書いてあった」

誰も何も言わないでいると、「やっぱり、知らないのは私だけなのね」と言った。じっと、大皿の上のスイカの皮を見ている。

「きっかけが何なのかも分からないけれど、ここのところ、なんとなく、そうかなとは思っていました。けれど、映実本人からは何も聞いていません」

と、サキが言った。美和子さんが続けた。

「前期の試験が終わったからと言って、少し前に寮を出たけれど、ただ、今年は実家には帰らないで旅に出ると言っていた。郁子ちゃんには自分から伝えると言っていたし、黙ってどこかに行ってしまったわけではないから、そっとしておいた方がいいと思ったの」

郁子先生は、黙っていた。

「でも、ほら、絵葉書が届いたのだから、旅行をしているのは確かなわけだし」

と、美和子さんが言うと、先生は独り言のように言った。

「ピアニストが一ヶ月練習をしなかったら、どうなるか？　本当にピアノを続けられなくなってしまう」

ずっと何も言えずにいた私は、ようやく言った。

「映実から届いたという絵葉書を見せて貰えますか？」

先生は少し躊躇したが、ハンドバッグの中から取り出し、私に手渡してくれた。

「読んで構いませんか？」

先生は頷いた。


郁子先生へ。

今年は実家には帰りません。夏休みの間、父のところへ行こうと思います。私は、父の撮る写真がとても好きです。父の写真を見ていると、まるで父の体の中に入って、父の目の穴から世界を覗いているような気持ちになります。その世界は、やわらかくてやさしくて、ほんの小さなことにも暖かな黄色い光が当たっています。私はずっと、その光は父が当てているのだと思っていました。私は、ピアノを弾くことで、自分も父に光を当てられると思っていました。だから、絵を書くことを諦めた。でも、そうではなかった。皆、自分で光っているのですね。大学に入って、美和子さんやサキや大勢のクラスメイトに会って、そのことに気がつきました。父は、小さく光っているものを見つけるのが上手なのだと思いました。ピアノはもう、続けられないかもしれません。しばらく考えさせてください。ごめんなさい。映実。

絵葉書一面に小さな文字でびっしりと書かれていた。先生は気がついていないようだが、文字が宛先を書くところにまで及んでいる。切手も貼られていない。つまり、絵葉書は、郁子先生の家のポストに映実が自分で入れたということだ。映実は、父のところへ行く前に、郁子先生に会いに行ったのかもしれない。けれど、会えば引き止められてしまうと思い直し、手紙を書いたのだろう。裏返すと、ゴッホの紺の《ひまわり》が印刷されていた。展示会で売られていたものだ。映実もあの絵を見に行ったに違いない。そういえば、受付の人が「よほど、この絵がお好きなのですね」と言っていた。きっと映実もあの椅子に座り、長いこと絵を眺めていたのだろう。そして、私と同じように穴に落ちた。私が穴の中で会った腰まで伸びた黒髪の女の子はやはり映実だったのだ。映実は全く違う女の子になったのだ。自分だけの二人がかりの人生を見つけたのだ。

その夜、郁子先生は、私と一緒に映実の部屋で寝た。部屋は三つあり、サキと映実しか寮生がいない今、空いた部屋が一つあるはずだが、美和子さんが映実の部屋に郁子先生用の布団を運んできたのだ。私は思い切って、本棚の一番下の段から和菓子の空き箱を取り出した。クラッシックの演奏会のチラシをのけ、マルマンのB5サイズのスケッチブックを手に取り、郁子先生に渡した。先生は一枚一枚、ページをめくった。黙って最後まで見ると言った。

「ピアノ教室に通っていた頃、鳴海ちゃんのレッスンの間によく絵を描いていたね」

それから、空き箱の下に隠れていた写真集に目を止めた。それらも手に取り、パラパラとめくった。

「父が旅先から送ってきたものだと思います」

私は正直に言った。先生は何も言わなかった。私は、映実がこれまで描きためた大量の絵を、実家に置いていったことを話した。そして、紙挟みから七枚の絵を出して、床に広げた。郁子先生は、七枚目の絵を手に取ってじっと見た。

「その絵は、スケッチブックの最後のページにあったものです。映実が大学に入ってから描いたものだと思います。私が破り取りました。実家にあった他の六枚の絵に続くものだという気がしたからです。私は最初、映実が何かを恨んでいるのかと思いました。でも、そうじゃないと思い直しました。父の暖かい目線の先にピアノを弾く映実の指があるのだと信じ、それを支えにしていたのだと思います」

私は紙挟みから、今度は祖母から預かった楽譜を出した。佐々木さんが楽譜を持ち帰った話と史料室の活動のことをかいつまんで説明した。

「私の祖母に弾いて貰ったらどうかという話が出ています」

私は言った。郁子先生は黙って話の続きを待っていた。

「私の母方の先祖に楽器職人になった人がいました」

私が侍の話を始めると、郁子先生がその名前を言った。

「ああ、そうです。その人です。先生、ご存知なのですか？」

私がびっくりして言うと、「私も一応、芸術大学のピアノ専攻だったのよ」と先生は笑った。先生の笑顔を見るのは久しぶりのことだった。

「あなたたちのご先祖だとは知らなかったけれど。映実ちゃんも何も言ってなかったし」

私は、自分も祖母の家で書付を読んで初めて知ったと言った。

「お祖母さまも芸術大学のご出身なの？」

と、先生が聞いた。

「いいえ、祖母は大学には行っていません」

私は、離れの裏の小屋のこと、じいちゃんは侍の後は継がずに調律師になったこと、佐々木さんはじいちゃんのお弟子さんだったことを話した。じいちゃんがピアノの先生を探してくれて、祖母が小さな頃からレッスンを受けていたことを話した。

「今でも、こっそり練習をしているのか、佐々木さんが持ち帰った楽譜を弾いてみせてくれました」

それから、最後につけ加えた。

「祖母は、左耳があまり聞こえません」

郁子先生は長いこと黙っていた。手にしていた楽譜を広げ、音符を目で追っていた。

しばらく見入った後、顔を上げて言った。

「お祖母さまはどんな風に演奏された？」

私は、祖母のピアノから出ていた光を思い返した。

「好き勝手にあちこち動き回るような感じでした」

私は黄色い光の動きをどう説明していいか分からずに、そう言った。

「鳴海ちゃんの演奏に似ているのね、きっと」

先生が言った。そして、楽譜を預からせて欲しいと言った。


私は翌日、借家に帰った。そして、その足で祖母の家を訪ねた。いつものように、鍵のかかっていない引き戸を開けて勝手に家の中に入った。すぐに仏壇の間に行き、線香をあげた。祖父と母の写真に手を合わせる。母は写真館で見たのと同じ笑顔で私を見ていた。映実をお願いしますと心の中で言い、もう一度手を合わせた。それから、長押に並んだ写真を見上げた。中でも最もぼやけた一枚を祖母が指し示し、書付を書いた人が侍であることを教えてくれた日のことを思い返した。あれは、私が補聴器をつけるようになり、ピアノ教室を辞めた頃のことだった。そして、最初に私の耳のことに気がついたのが郁子先生だったことも思い出した。

郁子先生は昨夜、自分は映実を選んだのだと言った。映実にも私にもピアノの才能があり、きっちりと指導をすればどちらも良い演奏家になれる。けれど、左耳がほとんど聞こえない私と耳の良い映実を同時に指導することは困難だ。どちらか一人に絞らなければならない。先生は、言い淀んだ後に、演奏の仕方が自分に似ている映実を選んだと言った。映実を大きく育てたかったと言った。自分が大きくなれるはずだったことを証明したかったのだと。「でもね、音が踊るような演奏をしていたのは鳴海ちゃんだった」と、先生は言った。すると、先生からきれいなレモン色の光が溢れ出た。私はそれを懐かしく眺めた。初めて郁子先生のピアノ教室に行った時に見た光と同じだった。

私は、長押の古ぼけた写真を眺めながら、随分と回り道をしたが、私が、祖母とともに、侍の世界に入っていく時が来たのだと思った。「もっと高く！」まるで、そうだとでも言うように、坊っちゃんの、いや、じいちゃんの声が聞こえた。私は祖母のいる居間へ行った。

祖母は口を挟むことなく、唐突な私の話を最後まで聴いてくれた。そして、佐々木さんが持ち帰った楽譜で演奏会を開く計画をとても喜んでくれた。けれど、予想していたことではあるが、祖母自身が演奏することには、ひどく抵抗した。

「私はとてもとても、人前で演奏など出来ないよ。耳もよく聞こえないのだし。映実に弾いて貰えないのかい？　映実のところへ行っていたのではなかったのかい？」

私は仕方なく、映実がどこかへ（たぶん、父のところへ）行ったことや、それを祖母には伝えないまま、数日、映実の部屋で過ごしていたことを白状した。そして、郁子先生が「お祖母さまの説得に役に立つと思う」と言って私に預けてくれた映実の絵葉書を祖母に差し出した。

「私宛てのものでないのに、読んでいいのかい？」

私が頷くと、祖母は絵葉書に目を落とした。そして、長い時間をかけてそれを読んだ。それから立ち上がって、隣の仏壇の間に行ったきり、しばらく戻ってこなかった。私は心配になり、そっと仏壇の間を覗いた。祖母は母の写真を手に取り、じっとその笑顔を見ていた。

私は、卓袱台の上にメモを残し、一旦、借家に戻った。窓を全て開け放し、部屋の空気を入れ替えた。父が帰った形跡はなかった。近所で買い物をし、簡単に晩ご飯を作って食べた。残り物を野良猫にあげた。私が長いこと彼らをほったらかしていたことを怒っている風でもなく、猫たちは相変わらず丸々とし毛並みも良かった。この辺りには私の他にも彼らにご飯をやる人があるのだろうと思った。私は、体を擦り寄せてきた猫の小さな頭を撫でた。猫のゴロゴロいうのが指先に伝わってきた。

数日経っても、祖母からは何の連絡もなかった。そろそろ、様子を見に行ってみようかと思った矢先、郁子先生が訪ねてきた。私は、遅い昼ご飯を食べていた。残暑がまだ続いており、汗ばみながら、冷たいそうめんを啜っていた。扇風機の風が首筋に涼しかった。テーブルのあちこちに出来た小さな水溜りを眺めながら、ふと、遠い昔にこの光景の中にいたことがあると思った。何の気なしに庭先を見ると、そこに郁子先生が立っていた。白地に水色の小さな花が散りばめられた涼しそうなサマードレスを着ていた。先生は相変わらず、お姫さまのようにきれいだと思った。縁側で昼寝をしていた猫が大きく伸びをした。その様子を見て、これは先生が私の耳のことを父に告げに来た日の光景だと思い当たった。私はテーブルの上に置いていた補聴器をつけて立ち上がった。脚に畳の跡がついていた。私は簡単に居間のテーブルを片付け、盆に載せた麦茶を持って、縁側で猫を撫でている先生のところへ行き、横に座った。

「お食事時にごめんなさいね。これが出来たので早く見せたくて」

先生は佐々木さんが持ち帰った楽譜にアレンジを加えていた。

「この曲ね、どこかアジアの国の民謡をベースにしているみたいなの」

先生が言った。

確かに、祖母が弾いてくれた時、知らない曲なのに、どこか懐かしさを感じた。

「私の勝手な想像なのだけれど、この曲を書いた方は、戦地の村人が歌う民謡を聴きながら、日本を思っていたのではないかしら」

そして、自分でも曲を作り、いつかそれを演奏する日のことを夢見て戦地での日々を過ごした。けれど、結局それは叶わなかった。佐々木さんに楽譜を預け、二度と日本には戻らなかった。佐々木さんがいつも黒い背広を着ていたのは、そのためだったのかと気がついた。私は、佐々木さんが着ていたカラスみたいに真っ黒な背広を喪服みたいだと思っていたが、本当に喪服だったのかもしれない。そして、そのことは私に、祖父の故郷での墓参りを思い出させた。祖父はどの墓の前でも長く手を合わせていた。私が誰の墓なのかと聞くと、「帰ってこなかった友達だ」と言った。祖父は最後に「宮川家の墓」と彫られた墓石の前で手を合わせた。私は宮川さんも帰ってこなかったのかと聞いた。「宮川さんだけが帰ってきた」と祖父は言った。宮川さんとは祖父の旧姓だ。一人だけ帰ってきた宮川さんは祖父自身のことだったのだ。祖父は、佐々木さんが祖母の二番目の夫だということを知っていたのかもしれない。それを承知の上で、祖父は何も言わずにいたのかもしれない。私は、佐々木さんや祖父の心にあいた穴を想像してみた。それらの穴は、祖母のそれと繋がっているように思った。深い海の底に縦横無尽に張り巡らされた心の穴の通路は、最も深い地点で一つになっているのかもしれない。人の心の穴は繋がっている。侍やじいちゃんや祖母、父や母や映実、それに郁子先生も。全ての人の心は繋がっている。黄色い花瓶に生けられたひまわりのように。人は悲しみで繋がっている。

「鳴海ちゃん、私ね、曲にアレンジを加えている時、とても楽しかったの」

私がぼんやり考え事をしていると、郁子先生が言った。

「こんな風に楽しくピアノを弾いたのは、子供の時以来かもしれない」

それから言った。

「演奏会のこと、私にもお手伝いさせて貰えるかしら？」

私が、もちろんです、お願いしますと言おうとした時、玄関先から「鳴海はいるかい？」という祖母の声がした。

会場は、大学の中で最も古い木造校舎の一室だった。日吉さんが案内してくれた、かつてじいちゃんが調律をしたピアノが置いてあるあの部屋だ。よく晴れた秋の午後で、カーテンを開け放した白い木枠の窓ガラスから細長く切り取られた澄んだ青空が少し歪んで見えた。長方形に細長い教室の前方をステージにし、簡易椅子を並べて客席にした。真ん中に通路を作っても七十人ほどが入れるスペースがあったが、席は大方埋まっていた。学生以外の人の姿も予想以上に見受けられた。一般の人が三割くらい入っている。美和子さんとサキが商店街でチラシを配ってくれたのだ。美和子さんはかつて寮を経営していたご両親と来てくれていた。サキの横には車椅子に座った白髪の小柄な老人がいた。手に小さな箱を持っている。たぶん、中には、庭から掘り出された手榴弾が入っているのだろう。サキと老人を挟むようにして座っているのは、和菓子屋に婿養子に入ったお父さまだ。大学史史料室の人たちが、会の進行のために、最前列と最後列の出入口付近の席にそれぞれ二人ずつ座っていた。私は最後列の左手、窓際に座った。

ステージには、グランドピアノ以外にいくつかの楽器が置かれていた。コントラバス、三線《さんしん》、ウード、そしてジャンベー。祖母の家に、これらの楽器が集まったのは、数ケ月前の夏のことだが、遠い昔のように感じる。祖母が借家を訪ねてくれたあの日の後（それは、考えてみれば、祖母が初めて借家へ足を踏み入れた記念すべき日にもなったのだが）、私はすぐに日吉さんに会いに大学へ戻った。もともとピアノ独奏曲として作曲されていたものを郁子先生がアンサンブルにアレンジしていた。その楽譜を日吉さんに見せた。祖母の耳のことを考えれば独奏にした方が良いように思ったが、日吉さんは長い時間をかけて楽譜を読み終えると、「ピアノ以外の奏者を探そう」と言った。そして、すぐに孫さんを訪ねた。孫さん夫婦もやはり、長い時間をかけて楽譜を読んだ。しばらくすると、旦那さんが能などで使う鼓が大きくなったような太鼓を持ってきて足の間に挟んだ。そして、奥さんがメロディーをハミングするのに合わせて叩き始めた。それは、地響きがするような大きな音を出す太鼓だったが、どこか懐かしさがあった。ひとしきり、太鼓を鳴り響かせると、奥さんと旦那さんは互いに何人かの名前をあげ、「ああ、いいね」などと言い合った。それから、奥さんが「楽器は指定されたものは集められないのだけれど、アイデアがあるの。それでも良ければ、是非、やってみましょう」と言ってくれた。そして、その一週間後には、奏者と一緒に祖母の家まで来てくれた。彼らがそれぞれの楽器をケースから取り出すと、郁子先生は「まあまあまあ」と言って笑い出した。私には、コントラバスとあの大きな太鼓（ジャンベーというアフリカの太鼓だと旦那さんが教えてくれた）以外は初めて見る楽器だった。祖母にしてみたら、コントラバスでさえ見たことはなかったかもしれない。けれど、練習を重ねるうちに、私にも、孫さんたちがなぜ、これらの楽器を選んだのか、というより、なぜ奏者として彼らを選んだのかが分かったように思った。大学のある街と祖母の家は、新幹線と在来線を乗り継いで半日以上かかる距離だが、彼らは何度も足を運んでくれた。幸いに祖母の家は広かったから、練習は大抵、泊まりがけで行われた。祖母は「なんだか、じいちゃんが生きていた頃のように賑やかだ」と言った。

史料室の一人が後方のドアを閉めた。すると、前方のドアが開き、日吉さんがステージに入ってきた。立ち話をしていた人は席につき、チラシを眺めたりしていた人も一斉にステージの方を向く。日吉さんはマイクの前で、今日の演奏会のことを説明すると、一人ずつ奏者を紹介し始めた。コントラバスはプロ奏者の三島《みしま》さん。長い間、ドイツのオーケストラに所属していた。近年、日本に戻り、地元楽団の助っ人に入ったり、音楽学部で特別講師をしたりなど、自分のペースで活動をしている。三線は沖縄出身の金城《きんじょう》さん。移民としてハワイに渡り、長い間当地で暮らしていたが、その後に沖縄に戻り、終戦を経験した。今は、息子夫婦と大学近くに住んでいる。琵琶によく似た、けれど、ヘッド部分が反り返った不思議な楽器はウードと呼ばれるもので、奏者はトルコ出身のカヤだ。彼のお祖父さまはトルコではなかなか名の通った楽器職人かつ奏者でもある。今日はお祖父さまが作ったウードで演奏する。ボディー部分に三つあいた響孔に施された青い透かし彫りは彼の故郷であるイスタンブールのモスク天井をイメージしたものだと、カヤ本人が日本語で説明する。それから、孫さんの旦那さんがジャンベーを叩く。そして、今日のために孫さんの奥さんと日吉さんが丁寧に調律をしたピアノの前には、着物姿の祖母が少し緊張した面持ちで座っていた。郁子先生がその隣にいる。日吉さんに紹介されると、郁子先生に促され、祖母は椅子から立ち上がり、深々と頭を下げた。日吉さんは最後に、指揮者として孫さんの奥さんを紹介すると、ステージを下り、窓際をゆっくりと歩いて私の横に座った。

孫さんの奥さんは、その間、のんびりとした様子でステージに立っていた。日吉さんが座るのを確認すると祖母の方へ向き、指揮棒を振りかざした。それを合図に祖母が緩やかに弾き始める。けれど、指揮棒は天に止まったままだ。

やがて、音の光が溢れ出した。黄色い光の粒は、大きくなったり小さくなったりしながら、いつものように、上下左右に好き勝手に動き回り始める。その光の遊びに加わるようにジャンベーが高く鳴り響く。まるで光を追いかけ回すように、ピアノの後をついていく。光がどんどん溢れ出す。孫さんはまるで、それが見えているかのように、光が十分に部屋を満たしたところで、他の奏者に向かって指揮棒をゆっくりと振り始めた。コントラバスが加わる。太い弦を弾く振動が木の床を通して伝わってくる。そして、ウードの空に棚引く霞《かすみ》のような音色が振動の間を静かに流れ込んでくる。やがて、厚い雲の層のようなやわらかな光が立ち込め、祖母のピアノから溢れ出る元気な子供のような光を支えるかのように部屋全体に広がった。すると、孫さんは指揮棒を大きく振った。三線の強い音が南国の雨のように降り注ぎ、光の黄色が発光し始める。祖母の光は、小さな子供が雨の中を走り回るように、楽しそうに自由に踊り続けている。

私は、その様子を眺めていた。黄色くやわらかな色合いになった風景を見ていた。いろいろな黄色が重なり合うようにして、風景を益々黄色くしていた。まるで、父からの絵葉書に印刷されていたゴッホの《ひまわり》のあの部屋のように、何もかもが黄色の濃淡で描かれた一枚の絵のようだった。そして、ふと、その黄色は客席に座る人々からも出ていることに気がついた。私は、サキのお祖父さまを目で探した。小さな老人が手の中の箱を開けているのが斜め後ろから見えた。まるで、浦島太郎が玉手箱を開けたかのように中から黄色い光の煙が立ち上がった。そして、一本の筋となって天井を這い、窓の隙間から外へ出ていった。老人は隣にいる息子の耳元に何か囁いた。息子が何度も頷きながら、老人の肩を撫でていた。会場のあちこちから同じように黄色い一本の筋が立ち上がり、次々に窓から外へ出ていった。

♪

開け放したままの窓からほんのりと潮の匂いの混じった風が入ってくる。朝日はまだ昇ったばかりのはずだが、空気はすでにぼんやりと暖まっていた。私は、淹れたての熱くて濃いコーヒーを持って、窓辺の赤いソファーに座った。そして、窓からの風景を眺めた。緑に覆われた山。山と山の間に小さな三角形の海が見える。祖母が亡くなってそろそろ三年だ。

演奏会は評判になり、その後も何回か開催された。けれど、祖母自身が大学まで行くのが困難なこともあり、演奏会に触発された有志の音楽学部学生によって楽団が組まれた。郁子先生は、史料室にある楽譜にもアレンジを依頼されるようになり、日吉さんや孫さん夫婦と一緒に楽団の運営に関わっている。寄付金も徐々に集まるようになった。いずれは大学主催の行事として開催できるだろうということだ。日吉さんは、そのことで再び新聞社から取材を受けた。記事に添えられたのは、演奏会のステージの写真、それに祖母の顔写真だ。私は、お茶の水博士の缶に仕舞ってあるボロボロの記事を丁寧に伸ばし、祖母の記事と一緒に額縁に入れた。そして、仏壇の間に飾った。

孫さんたちは、演奏会の練習がなくなっても、時折、祖母を訪ねてくれた。祖母の家は周りを森に囲まれていて楽器は弾きたい放題だし、泊まる部屋はいくらでもあった。中でも、ウードを弾いてくれたカヤは、家族揃って何度も遊びに来てくれた。そしてとうとう、本格的に母屋に住んでしまった。祖母は離れで暮らすようになっていた。

それは、久しぶりに全員が揃った夜だった。孫さんも三島さんも金城さんも、それぞれに楽器を持参しており（三島さんはコントラバスを一台、母屋に置きっぱなしにしていた）、あの曲を演奏しようということになった。皆にわいわい言われ、祖母もピアノを弾くことになった。それで、離れの裏の小屋に移動しようと玄関を出ると、そこに父が立っていた。

祖母と父はしばらく、仏壇の間で話をしていた。これまで父は一度も祖母の家に入ったことがなかった。けれど今日、母屋の住人であるカヤに促され、自然に敷居をまたいだ。そして、祖母によって仏壇の間に通されたのだ。私は、孫さんたちと一緒に、居間の卓袱台でお茶を飲みながら、二人が出てくるのを待った。随分して二人が出てきた。誰も何も聞かず、そのまま皆で小屋に移動した。そこで、私と父を観客に、あの曲が演奏された。一曲弾くと祖母は寝室に下がったが、孫さんたちは母屋に戻り、しばらく演奏をした。やがてそれもお開きになり、私は父と一緒に借家に帰った。父は、祖母とどんな話をしたのか、何も言わなかった。けれど、母の位牌を持って帰っていた。

翌朝、カヤから電話があった。祖母が亡くなっていた。私が今座っている、赤いソファーに腰を下ろし、窓からの風景を眺めてでもいるような姿で亡くなっていた。膝の上には母が使っていたと思われる画材道具が置かれていた。

私は飲みかけのコーヒーが入ったカップを持って、ダイニングテーブルに移動した。テーブルには前庭で摘んだ青い紫陽花を花瓶に生けてあった。私は祖母に倣って花を欠かさないようにしていた。祖母が亡くなってから、離れに暮らすようになっていた。コーヒーを一口飲み、目の前の原稿を頭から読み返し始めた。

日吉さんが大学の蔵書の翻訳仕事を回してくれるようになり、経済的にはかなり安定していた。古本屋の店主には随分お世話になったので、客から依頼があれば店の古文書も訳したが、店にはもう出ていない。父は今でも時折、撮影旅行に出るが、以前ほど長く留守にすることはなくなった。撮り溜めた写真は何冊かの写真集にまとめられ、出版された。写真集は順調に売れていて、金銭的には余裕があるはずだが、借家で十分なのだと言い、今でもそこに一人で住んでいる。けれど、実際、父はしょっちゅう祖母の家にやって来た。小屋に置いてあったピアノをカヤが母屋に移動させたので、窓のない小屋を写真現像用の暗室にしたのだ。私は父に、離れで一緒に住もうと提案したが、父は「調子に乗るなって、おばあちゃんに叱られるよ」と言い、夜には必ず借家に帰った。たぶん、それは、映実が帰れる場所を残しておきたいからなのだろうと思う。

映実は、結局、大学を中退した。一人でヨーロッパに暮らしている。画廊に勤めながら、絵を描き続けているということだ。あの夏休みに日本を出て以来、一度も戻ってきていない。私は父に頼んで、祖母の膝の上にあった母の画材道具を映実に送った。けれど、映実からは何の音沙汰もなかった。

私は原稿から顔を上げ、冷めきったコーヒーを飲んだ。壁の時計を見ると、昼ご飯まではまだ少し間があった。コーヒーを入れ直し、もう少し仕事を続けようとテーブルを立ち、台所へ行った。湯を沸かしながら、原稿の内容を頭で推敲する。私は翻訳の合間に小説を書き上げていた。それは、侍の書付をベースにした物語だった。深海の底に座り、一人でうずくまっていた私を引き上げてくれた侍に、今度は私が光を当てる番だった。けれど、結局、彼は自分で発光した。書付に書いてあったことを超えて、勝手に動き出した。じいちゃんに似た人や、祖父や祖母に似た人、父っぽい人、母っぽい人、映実も郁子先生も、美和子さんやサキや日吉さんや孫さんたちに似た人が湧き出るように登場した。そして、侍と同じように勝手に生き生きと動いた。ああ、これが、映実が言っていたことかと思った。

「皆、自分で光っているのですね。大学に入って、美和子さんやサキや大勢のクラスメイトに会って、そのことに気がつきました。父は、小さく光っているものを見つけるのが上手なのだと思いました」

映実は郁子先生に宛てた手紙でそう書いていた。そして、自分自身で光るためにヨーロッパに行ったのだ。

その時、やわらかいものが腰の辺りを包んだ。カヤの一番下の女の子だった。

「なるみちゃんに何か届いたよ」

流暢な日本語で言い、宅配サービスの封筒を彼女の小さな頭の上に載せた。映実からだった。私はちょうど沸いた湯の火を消すと、ダイニングテーブルへ戻り封筒を開けた。中には一枚の絵が入っていた。B5サイズの小さな絵。一台の古い縦型のピアノが草原に置いてある。ピアノの周りを黄色い丸い光が踊っている。画面いっぱいいっぱいの絵だった。けれど、それは、カメラのファインダー越しの風景のようでありながら、映実の心の風景であるように思えた。

ふと顔を上げると、カヤの小さな女の子が紫陽花の花瓶の前に座っていた。郵便を届けてくれた礼にお菓子でもと声をかけようとした時、女の子からスーッと何かが抜けた。座っていたのは、カヤの女の子ではなく、幼い頃の母だった。母から抜けた何かは、赤いソファーの前の大きく開け放した窓から外へ出ていった。緑に覆われた山の向こうへ消えていくそれを眺めながら、私は、映実が深海の底から脱出したのだと分かった。それを私に教えるために、映実はこれを送ってきたのだと思った。

私は映実の絵を小説の表紙にしようと思った。私たちのそれぞれの人生が始まろうとしていた。

ほさかひろこの本

ラ

心の奥に横たわる静かな世界を描く五つの物語。

　成田から三十三時間かけて到着した島。空と海と砂浜しかないこの島で、僕は再びギターを弾くことになった。両手ともに六本目の指のある少女に出会い、僕の中の何かが動き出す。「ラ」

　図書館係のカイル。不思議議な雰囲気とまじめな態度、深くて低い周りの空気を震わすような声、そしてピンクのつけ爪。その指の先には……。「蜘蛛の巣」

——CreateSpace

ハンナとジュテーム?

どうやって自分を自分だと見分けるのか？ 独自の方法でそれをやってのけた人々の七つの物語。

　煙が消えると、私はどこかヨーロッパみたいな石畳の坂道に立っていた。ギラギラした太陽の下に青い海が広がっている。海に向かって伸びたくねくねの坂を上がっていくと、小さなレストランがあった。店先にきれいな男の人が二人座っている。手をつなぎ、見つめあっている。私が横を通り過ぎようとすると、二人揃って顔を上げ、私に笑いかけた。そして、言った。

「僕達、結婚できることになったんです」

　私はおめでとうと言った。少し年上のほうの人が続けて言った。

「子供が欲しくて。でも、女の人とは愛しあえないんです」

　私は卵子の入った小さな瓶を二本あげた。きれいな男の人達は喜んで、私にご飯をご馳走したいと言った。開け放たれたレストランのドアをくぐると、白く冷たい煙が私と赤い箱を包んだ。「ハンナとジュテーム?」

——CreateSpace

いつか、むかしのはなし

戦争に乗っ取られることから自らの人生を守った人々を描く六つの物語。六枚のオリジナル挿絵入り。

　その時、目の前にシャガールの絵が飛び込んできた。そこには、母と弟たちと妹が炭になった日の光景が描かれていた。《戦争》と名付けられた絵だった。どこか異国の地を描いたもののはずだが、それは故郷の長岡に思えた。そして、あの牛がいた。私を一人生きながらえさせた、あの白い牛がいた。私はしばらく、絵の前から動くことができなかった。「マルクとおじいちゃんの花火」

——CreateSpace

ふたりがかり

2022年1月12日　第1刷発行

著　者　　ほさかひろこ

編集　小宮慈子
校正　奥田恵
　　　小野晶
　　　小沼宣子
発行人　平野香利

発行所　Meiso Canada Publishers